Stimmen im Kopf.
Das Jahr 2013.

BOOKS on DEMAND

Alexander Gesk

Stimmen im Kopf.

Das Jahr 2013.

Bibliografische Information der Deutschen National-bibliothek:
Die Deutsche Nationalbibliothek verzeichnet diese Publikation in der Deutschen Nationalbibliografie; detaillierte bibliografische Daten sind im Internet über http://dnb.dnb.de abrufbar.

Herstellung und Verlag: BoD – Books on Demand, Norderstedt

ISBN: 978-3-7460-4927-4

6. November 2016

Es gibt viele Geheimdienstgeschichten.

Ich habe Geheimdienstbücher gelesen und ich habe Geheimdienstfilme gesehen. Aber die wirklich krasseste Geheimdienstgeschichte, die ich kenne, ist unglücklicherweise meine eigene. Das erinnert mich an einen Kommentar, den ich vor Jahren in einer Zeitung gelesen habe. Da hieß es, dass das reale Leben immer noch die krassesten Geschichten schreiben würde. Ich dachte mir damals 'Das kann schon sein'. Dass es jedoch einmal mein eigenes Leben betreffen würde, hätte ich nicht für möglich gehalten. Und weil das, was ich wirklich erlebt habe, die krasseste Geschichte ist, die ich kenne, habe ich mich nun entschlossen sie aufzuschreiben.

Angefangen hat alles 2012. Als ich plötzlich meine Nachbarn hörte, wie sie mich beschimpften. Es waren die übelsten Hasstiraden. Dummerweise hörten die Beschimpfungen gar nicht mehr auf. Die Stimmen verlangten, dass ich eine Drogenberatung aufsuchen sollte. Außerdem wollten sie wissen, wo ich meine Kinderpornosammlung versteckt habe. Ich hatte keine Kinderpornosammlung und wusste nicht, warum ich eine Drogenberatung aufsuchen sollte. Es war der reinste Terror. Tag und Nacht. Die Stimmen hörten einfach nicht mehr auf .

Ich ging schließlich zur Polizei und erzählte dort, dass ich ständig meine Nachbarn hören würde, wie sie mich beschimpfen. Die Polizisten fuhren mich daraufhin ins St. Joseph Krankenhaus und meinten, dass mir hier geholfen werden könnte. So kam ich zum ersten Mal in meinem Leben in eine Psychiatrie. Hier wurde ich zum Pillenjunkie. Die Stimmen gingen langsam weg. Aber ich bekam Probleme, mich normal zu bewegen. Ich fühlte mich einfach zu schwach. Ebenso hatte ich große Probleme mit der Konzentration. Ich hatte große Angst, dass dieser Zustand nicht mehr weg gehen würde. Und diesen Zustand empfand ich als wirklich sehr beängstigend. Doch meine Ärztin beruhigte mich und meinte, dass alles wieder normal werden würde. Tatsächlich wurde nach einer Umstellung der Medikamente mein Zustand wieder normal.

Aus dem St. Joseph Krankenhaus kam ich mit der Diagnose Psychose. In meinem alten Beruf als Lehrer sollte ich nicht mehr arbeiten. Stattdessen sollte ich eine berufliche Reha machen – also eine Umschulung in einen neuen Beruf. Das war mir eigentlich ganz recht, denn als Lehrer habe ich seit 2011 sowieso keinen neuen Arbeitsvertrag mehr erhalten.

Ich kam wieder in meine Wohnung.

Und dort fingen meine Nachbarn wieder an, mich zu beschimpfen. Ich würde Kinderpornos gucken und ich sei abnormal. Offensichtlich meinten sie meinen Aufenthalt im Internetcafe. Ich war am Abend zuvor im Internetcafe. Ich fühlte mich unbeobachtet und surfte über alle möglichen Sexseiten. Darunter waren unter anderem auch sogenannte Teenpornoseiten. Deswegen bin ich aber noch lange nicht pädophil.

Ich war Lehrer und ich habe als Nachhilfelehrer gearbeitet und ich sah in meinen Schülerinnen keine Sexobjekte.. Die Stimmen meinten, dass ich jetzt mein Leben lang ein Krüppel bleiben werde und höchstens noch in der Behindertenwerkstatt arbeiten dürfe.

Dass die Stimmen in meiner Wohnung wieder auftauchten, überzeugte mich, dass ich echte Menschen höre und mir die Stimmen nicht eingebildet habe. Irgendwie hatten meine Nachbarn einen Weg gefunden, mich als Stimmen in meinem Kopf zu terrorisieren.

Die Stimmen hörten nicht auf, mich aufs Übelste zu beschimpfen. Hier konnte ich unmöglich wohnen bleiben.

So kam es, dass ich meine geliebte Wohnung in Prenzlauer Berg aufgeben musste und in eine therapeutische Wohngemeinschaft von Via nach Pankow zog. Hier kam ich mit zwei Männern zusammen, die ungefähr in meinem Alter waren. Beide hatten auch die Diagnose Psychose.

Ich war nun krank geschrieben und wartete auf meine berufliche Reha. Ich wartete lange auf meine beruflich Reha. Schließlich hieß es Mitte 2013, dass der Reha Antrag an das Arbeitsamt weitergereicht worden wäre, weil die Rentenversicherung für mich nicht zuständig sei. Aber beim Arbeitsamt ist nie ein Reha Antrag eingegangen. Der Reha Antrag war allerdings auch nicht mehr bei der Rentenversicherung. Er war verschwunden. Also stellte ich ein zweites Mal einen Reha Antrag. Nach einigem Hin und Her schlug die Rentenversicherung Anfang 2016 vor, dass ich eine Rehabilitation psychisch Kranker (RPK) machen sollte. Ich müsste nur noch den Ort wählen, dann könne es losgehen. Da es diese RPK in Berlin nicht gab, wählte ich also Leipzig als Ort für die RPK. Wieder vergingen die Monate. Schließlich bekam ich im Oktober 2016 einen ablehnenden Bescheid. Die Krankheit würde schon so lange dauern, dass sie chronisch sei und daher würden keine Erfolgsaussichten für eine Reha bestehen.

Da ich mich völlig fit fühle, mit 40 noch nicht Rentner werden möchte und noch dazu genau weiß, dass ich eigentlich gar nicht krank bin - aber dazu später mehr, bin ich im Oktober noch zum Sozialgericht gegangen und habe dort eine Klage gegen die Rentenversicherung eingereicht. Außerdem habe ich mir beim Amtsgericht einen Beratungsschein geholt und einen Rechtsanwalt für Sozialrecht besucht. Diesem gab ich am 31.10. meine ganzen Unterlagen und er meinte, dass er gute Chancen sehe, dass die Rentenversicherung zu Rehaleistungen verurteilt wird. Er soll jetzt die Begründung für die Klage formulieren. Ich bin nach vier Jahren Hin und Her selbst schon gar nicht mehr so optimistisch. Aber gut, ich will zumindest alles versucht haben.

7. November 2016

Wir haben Montag und ich fahre in die BTS (Beschäftigungstagesstätte) nach Berlin Buch. Seit ich krankgeschrieben bin - also seit 2012 – besuche ich die Tagesstätte. Hier werden für psychisch Kranke unterschiedliche Gruppen angeboten. Ich besuche Montags eine Kochgruppe und eine Literaturgruppe in Berlin Buch, Mittwochs besuche ich eine Gesprächsgruppe und eine Gartengruppe in Pankow und Donnerstags gehe ich zur Ausflugsgruppe in Pankow. Die Gruppen kommen mir ehrlich gesagt schrecklich sinnlos vor. Aber was soll ich sagen. Es ist besser als nichts zu tun.

Schlimm ist nur, dass ich vor 2012 in meinem Leben immer das Gefühl hatte, etwas Sinnvolles zu machen. Das Gefühl hatte ich, als ich studierte und mir Spezialwissen aneignete und dieses Gefühl hatte ich, als ich am Gymnasium unterrichtete und Wissen vermittelte und ebenso, als ich an den Grundschulen in Fürstenberg und Zehdenick als angestellter Lehrer Erziehungsarbeit geleistet habe. Zuletzt war ich 2010 und 2011 in Zehdenick. Dort habe ich eine Lehrerin kennengelernt, die hervorragende Erziehungsarbeit leistete und sogar Kinder, die als besondere Problemfälle galten, wieder in die Spur brachte. Es war die begabteste Lehrerin, die ich je gesehen habe und ich durfte sie fast ein halbes Jahr begleiten und unterstützen. Ihren Unterricht zu besuchen, fand ich wirklich beeindruckend.

In Zehdenick lernte ich auch einen Sonderpädagogen kennen, der wie ich aus Hessen kam und der diesen besonderen albernen Witz hatte, den ich irgendwie immer wieder bei den Hessen antraf. Das war schon der Fall, als ich in Heidelberg studierte und als Rettungsschwimmer arbeitete. Irgendwie traf ich in meinem Leben immer wieder auf Hessen, mit denen ich über alles Mögliche ablachen konnte. Und das war eben auch mit diesem Sonderpädagogen der Fall. Wir fuhren manchmal zusammen nach Hause. Zufällig wohnten wir beide in Berlin. Diese Fahrten waren immer sehr lustig. Wir konnten über all die schrägen Erlebnisse mit den Kindern lachen, genauso wie wir über unsere Kolleginnen lachen konnten. Und wir hatten an der Grundschule nur Kolleginnen, da wir hier die einzigen Männer waren. Obwohl, mir fällt ein, dass es noch einen Mann gab. Er unterrichtete hier in der brandenburgischen Provinz evangelische Religion. Es war ein 'Prinz von Preussen'.

Es war irgendwie komisch anzuschauen, wie die Kinder in den Pausen an ihm hingen und an ihm herumzupften. Das hier war also der Sproß eines der mächtigsten Adelshäuser Europas.

Das war für mich als Historiker schon eine sehr merkwürdige Situation. Zumal die Geschichte Preussens eines meiner Prüfungsgebiete beim mündlichen Examen war.

Bis 2014 war mein Leben voller lustiger Momente, voller 'Magie' und -wie ich bereits sagte– es war sinnerfüllt.

Seit 2014 habe ich im wahrsten Sinn des Wortes nichts mehr zu lachen und die magischen Momente sind seit ich nicht mehr Tango tanze ebenso gegangen. Seit 2014 sitze ich meine Zeit ab und lebe das wenig sinnvolle Leben eines Geheimdienstopfers.

Das letzte wirklich sinnvolle Jahr war 2013. Warum 2013, obwohl ich keine Arbeit hatte, so ein sinnvolles Jahr wurde?

Das war zum einen, weil ich Anfang 2013 eine Tangopartnerin hatte, mit der ich jeden Tag – bis auf das Wochenende – Tango tanzen gehen konnte. Wir hatten eine Monatskarte und wir besuchten alle Anfängerkurse und alle Fortgeschrittenenkurse, die in der Tanzschule angeboten wurden.

Es war eine wundervolle Zeit. Das Tangotanzen war für mich Trost und es machte mich glücklich, die Musik in Bewegungen umzusetzen. An manchen Tagen tanzten wir von 19-24 Uhr. Hier konnte ich meinen ganzen Ehrgeiz investieren. Und irgendwie klappte es mit dem Tanzen ziemlich gut. Auch die Fortgeschrittenenkurse waren für uns kein Problem.

Meine Tanzpartnerin, Stephanie, war eine Französin und sie arbeitete in Berlin als Immobilienmaklerin.

Mit diesem Beruf kannte ich mich gut aus, denn mein Vater war selbständiger Immobilienmakler. Gelegentlich, wenn mein Vater im Sommer in Portugal Urlaub machte, habe ich ihn vertreten und selbst als Immobilienmakler gearbeitet.

Es dauerte nicht lange und wir waren ein Paar.

Stephanie hatte eine schöne Eigentumswohnung in Prenzlauer Berg. Wenn wir nicht Tango tanzten, kochten wir gemeinsam, gingen schwimmen oder gingen in die Sauna. Am Sonntag besuchten wir den Gottesdienst im Berliner Dom.

Leider hielt die Beziehung wieder einmal nur wenige Monate. Aber immerhin durfte ich 2013 unbeschwerten Sex haben. Das war nicht immer so. Und seit 2014 ist es ganz aus mit dem realen Sex. Ich bin mir sicher, dass die doofen Amerikaner dahinter stecken, denn die hassen mich. Weil ich keinen Beruf ausüben darf und keine Beziehung haben darf, halte ich mich auch für das vielleicht krasseste Geheimdienstopfer der Welt.

Woher die Amerikaner kommen und warum die Amis mich hassen?

Ich nenne diese Phase ' Widerstand im Kopf '. Das war der andere Punkt, warum 2013 so ein sinnvolles

Jahr werden sollte. Vielleicht sogar das sinnvollste Jahr meines Lebens.

Doch darüber mehr auf den folgenden Seiten. Wir haben jetzt 22 Uhr und ich schreibe schon seit 18 Uhr. Jetzt möchte ich noch eine Partie Stratego im Internet spielen und ein wenig fernsehgucken.

8. November 2016

Wir haben heute Dienstag und Dienstags kann ich ausschlafen, denn die Kochgruppe in der KBS (Kontakt und Beratungsstelle) hier in Pankow beginnt erst um 10 Uhr.

Zu Beginn jeder Kochgruppe werden die Arbeitsaufträge eingeteilt. Also wer geht einkaufen, wer kocht, wer spült, wer bringt den Müll weg und wer richtet den Raum für die Yoga Gruppe her. Ich lasse mich in der Regel zum Abspülen eintragen. Wenn die Einkäufer zurück sind, wird meistens gemeinsam das Gemüse geschnippelt und dann ist immer noch eine Stunde Zeit, in der viele Besucher der Kochgruppe einfach herumsitzen und nichts tun. Diesen 'Leerlauf' kann ich gar nicht ertragen. Ich geh dann immer an den für alle zugänglichen Computer der KBS und spiele Schach im Internet. Wenn ich beim Schachspiel im Netz auf eine Eröffnungsvariante treffe, die ich noch nicht kenne, schreibe ich sie mir auf, um sie am Freitagabend in meinem Schachverein mit einem der guten Spieler zu analysieren. Auf diese Weise versuche ich mein eigenes Spiel ständig zu verbessern.

Die zweite Phase des Stimmenhörens begann bereits während ich mit Stephanie zusammen war. Das war im Februar 2013. Es war in einer der ersten Nächte, die wir gemeinsam verbrachten, als sich die Stimmen wieder zu Wort meldeten.

Ich begann direkt mitzuschreiben bzw. ein Gedächtnisprotokoll anzufertigen, wenn ich nicht sofort einen Zettel zur Hand hatte:

„Dein Vater ist für das Schlimmste verantwortlich, was es gibt.“

„Dein Vater ist dafür verantwortlich, dass du eine Psychose hast.“

Ich erinnere mich, dass ich in meiner WG war, als ich die Stimmen einige Zeit später wieder hörte:

„Ich habe keine Lust mehr, ihm beim Schlafen zuzuschauen.“

„Der macht in 300 Jahren keine Straftat.“

Schließlich meldeten sich die Stimmen im April 2013 wieder:

„Du spinnst wohl vom Schachspielen zu träumen.“

„Ein ganz normaler Mensch. Er hat einfach nur Pech gehabt.“

„Deine Träume sind ganz ok.“

„Du bist ein ganz normaler Mann.“

„Stinknormal bist du.“

Ich erinnere mich:

„Das Ganze ist ein schreckliches Mißverständnis.“

„Der Verfassungsschutz fiel auf deinen bösen Vater und deine dummen Nachbarn rein und hat geholfen, einen Deppen aus dir zu machen.“

„Wir dachten du seist ein Straftäter.“

Da war mir klar, wie meine Nachbarn 2012 zu den technischen Möglichkeiten kamen, mich als Stimmen in meinem Kopf zu terrorisieren. Spätestens als sich die Stimmen nach meinem Psychiatrieaufenthalt in meiner Wohnung wieder meldeten, wurde mir klar, dass ich echte Menschen gehört hatte.

Später hieß es dann:

„Der Verfassungsschutz hat - aus Versehen - einen Helden aus dir gemacht."

„Du wurdest Opfer eines Justizskandals."

„Du sollst alles zurückbekommen."

Und wiederum einige Tage später kamen dann die Amerikaner ins Spiel:

„Du sollst nicht wiederkehren dürfen."

„Die dummen Amerikaner sagen, dass es schon genug Superhelden gibt."

„Tut uns leid, dass wir nach Amerika gegangen sind."

„Du sollst dein Leben lang verarscht werden."

„Das tut uns unser Leben lang leid."

„Aus dir wurde das größte Justizopfer der Menschheit."

Kurze Zeit nachdem ich mit Stephanie zusammenkam, ereignete sich eine Situation, die mich restlos davon überzeugte, dass ich ein Geheimdienstopfer geworden bin.

Ich bin zum Arzt gegangen, weil ich seit Jahren beim Sex ein gewisses Problem hatte. Dafür habe ich, nach dem Besuch verschiedener Urologen eine Vorhautverengung als Ursache vermutet.

Um mit Stephanie unbeschwerten Sex haben zu können, wollte ich mir nun die Vorhaut wegschneiden lassen. Ich machte also einen Termin beim Urologen, um diese Prozedur vornehmen zu lassen. Und am

Abend des gleichen Tages meldeten sich die Stimmen wieder und sagten:

„Wir haben deine Sexualität wieder hergestellt."

Und tatsächlich konnte ich mit Stephanie ab diesem Zeitpunkt normalen Sex haben – ohne irgendein Problem.

Das habe ich mir nicht eingebildet. Ganz offensichtlich können Geheimdienste mehr manipulieren, als man glaubt. Und Geheimdienste können nicht nur mehr, als die Mehrheit der Menschheit weiß, sie tun es auch.

Das ist die Stelle, wo ich mich frage, vor wem die Geheimdienste eigentlich zur Rechenschaft gezogen werden, für das, was sie tun.

Ich bin der festen Überzeugung, dass der Verfassungsschutz mir grundlegende Freiheitsrechte, die durch die Verfassung geschützt sein sollten, genommen hat. Und das, obwohl ich nichts Verbotenes und nichts Schlimmes getan habe.

In diesem Zusammenhang habe ich 2013 immer wieder auf die in der Verfassung verbrieften Grundrechte hingewiesen und die Verfassungsschützer in meinen Gedankengängen aufgefordert, sich zu weigern, Dinge zu tun, die in einem eklatanten Widerspruch zur Verfassung stehen. Und das habe ich in vielen Situationen, die ich 2013 erlebt habe, immer wieder dargelegt. Nicht nur den Verfassungsschützern, sondern auch den anderen Deutschen. Denn die Verfassungsschützer sollten 2013 nicht die einzigen Deutschen bleiben, die sich in meinem Kopf gemeldet haben, die an meinem Schicksal Anteil nahmen und sich schließlich mit mir solidarisiert haben.

Die Phase meiner 'Gedanken des Widerstandes' sollte allerdings am 12. November 2013 ihr jähes Ende finden. Denn nun hieß es, dass ich einen „Privatkrieg gegen eine Supermacht" führen würde, dass ich einer der größten Taktiker der Geschichte sei und, dass ich ab sofort nur noch denken dürfe, was die Amerikaner mir zu denken erlauben. Ein Unding. Als ob man sein Denken kontrollieren könnte. Das konnte ja nicht klappen. Aber auf das, was ich dann erleben musste und das war wirklich ziemlich krass, werde ich später eingehen.

Am Mittagstisch erzähle ich, dass ich angefangen habe, ein Buch über mein Schicksal zu schreiben und, dass ich der Überzeugung bin, dass ich ein Geheimdienstopfer wurde. Ich erzähle von einigen Dingen, die ich erlebt habe und, dass ich überzeugt bin, dass ich mir die Stimmen nicht eingebildet habe, sondern echte Menschen gehört habe.
Falk glaubt mir. Das tut gut. Die meisten Menschen, denen ich meine Geschichte erzähle, glauben, dass ich krank bin und mir die Stimmen nur eingebildet habe. Das würde ich, ehrlich gesagt, wahrscheinlich auch glauben, wenn ich nicht erlebt hätte, was ich erlebt habe.
Leider kann ich nicht alles, was ich erlebt habe, in diesem Buch wiedergeben.
Es sind so viele Erlebnisse, so viele Feinheiten und Nuancen, die mich überzeugt haben, dass ich echte Menschen höre und, dass ich ein krasses Geheimdienstopfer geworden bin. Man muss, glaube ich, erlebt haben, was ich erlebt habe, um zu der Über-

zeugung zu kommen, dass eine Geschichte, die so eine krasse Geschichte ist, eine wahre Geschichte ist.

Ich habe die Hoffnung, dass mein Schicksal doch irgendwann einmal rauskommen könnte. Auch wenn ich zu diesem Zeitpunkt nicht mehr leben sollte. Dass das Wissen um meine Geschichte nicht einfach verloren geht, nicht von den Geheimdiensten geschreddert wird.

Ich erzähle Falk von meiner Idee einen Verein zu gründen, der das Wissen um die Macht und die Willkür der Geheimdienste bewahrt und weitergibt. Ich hoffe, dass der Verfassungsschutz irgendwann einmal zugeben kann, was er mir aufgrund übler Nachrede alles kaputt gemacht hat.

Ich bin mir sicher, dass der Verfassungsschutz und die Amerikaner mir mein ganzes Leben total versaut haben.

Falk zeigt sich nicht abgeneigt mitzumachen. Er fragt mich allerdings, ob ich nicht Angst hätte, dass mich die Geheimdienste wieder auf dem Kicker haben, wenn ich jetzt so aktiv werden würde. Ich sage ihm, dass ich keine Angst habe.

Es gibt eine kleine Diskussion, ob die Gedanken wirklich frei sind oder, ob sie von den Geheimdiensten kontrolliert werden können.

Ich weiß, dass die Amerikaner meine Gedanken lesen konnten und, dass die Deutschen in vielen Situationen direkt auf meine Gedankengänge geantwortet haben.

Von einigen dieser Situationen werde ich in diesem Buch noch berichten.

Die Meinungen in unserer Runde sind kontrovers. Einige glauben, dass die Geheimdienste Gedanken lesen können. Andere glauben es nicht.

Ich glaube, dass solange der Verfassungsschutz und die Amerikaner nicht zugeben, was sie gemacht haben, mir eine Mehrheit der Leser nicht glauben wird. Aber ich hoffe, dass ich für Einige zumindest die Vorstellungskraft über das, was Wirklichkeit sein könnte, erweitern kann.

Als Student habe ich 'Die Gedanken sind frei' gesungen und mir vorgestellt, wie sich die Studenten in der ersten Hälfte des 19. Jahrhunderts gefühlt haben müssen, als sie trotzig gegen die Staatsmacht und den Polizeistaat angesungen haben. Heute weiß ich, dass zumindest für die Amerikaner gilt, dass die Gedanken nicht frei sind.

Das Mittagessen ist fertig. Es ist eine Idee der Praktikantin. Reis mit Gemüse, das mit Ingwer angebraten wurde. Dazu gibt es klein gehakte Erdnüsse. Das passt geschmacklich hervorragend zusammen.
Ich erinnere mich, dass ich früher selbst sehr gerne gekocht habe. Aber derzeit ist die Küche in meiner WG immer voll mit ungewaschenem Geschirr, so dass ich einfach keine große Lust mehr aufs Kochen habe. Ich hätte nie gedacht in was für heruntergekommenen Verhältnissen ich einmal leben könnte.

Wir haben jetzt schon wieder 18.40 Uhr und ich bin seit vier Stunden am Schreiben. Mir fällt so viel ein.

Und irgendwie muss ich abwägen, was interessant ist und wo es nur ausufern würde.

Ich überlege immer wieder, was es ist, das mir diese Sicherheit gibt, dass die Stimmen mir die Wahrheit über mich erzählt haben. Ich könnte hier schreiben, dass in meiner Studienzeit kritisches Denken, eine differenzierte Urteilsfähigkeit und Intuition wichtig waren und von mir über viele Jahre trainiert wurden. Aber ich komme immer wieder zu dem Schluß, dass man erlebt haben muss, was ich erlebt habe, um wirklich zu 'wissen', dass gerade die krasseste Geschichte eine wahre Geschichte ist.

Heute fiel es mir zuerst nicht einfach, mich hinzusetzen und zu schreiben. Aber es ist mir einfach ein großes Bedürfnis geworden, meine Geschichte zu erzählen und dazu beizutragen, dass nicht in Vergessenheit gerät, was nicht in Vergessenheit geraten sollte. Auch wenn das, was für mich eine wahre Geschichte ist, für Manche nur eine 'mögliche' Wahrheit sein könnte.

9. November 2016

Heute ist mein Geburtstag. Ich werde heute 41. Die Aussicht, dass ich in diesem Leben noch 30 Jahre oder mehr vor mir habe, erfüllt mich dieser Tage nicht gerade mit Begeisterung.

Schon früh am Morgen erhalte ich eine Textnachricht. Sie ist von meinem Onkel. Er wünscht mir von Herzen alles Liebe und Gute, viel Gesundheit und Stabilität. Mein Onkel Friedrich hat mir in den letzten Jahren immer wieder geholfen. Er half mir beim Einrichten meiner Wohnung und er schickt mir kleine Geldgeschenke zum Geburtstag und zu Weihnachten.

Gegen 9 Uhr mache ich mich auf den Weg in die BTS. Meine Eltern rufen an. Mein Vater meint, dass es doch – trotz allem- noch viele lebenswerte Momente in meinem Leben geben würde. Mir kommt mein Leben derzeit wenig lebenswert vor. Ich bin krass reduziert worden. 2012 wurde ich um meine Wohnung und meine beruflichen Aussichten gebracht und 2014 um den Tango und um meine Sexualität. Dass ich einmal so ein krass reduziertes Leben führen müsste, hätte ich nie für möglich gehalten.

Die doofen Geheimdienste haben mir den Sinn des Lebens genommen. Meine grundlegenden Ziele Beruf und Familie wurden mir kaputt gemacht. Ich wollte auf keinen Fall mein Leben alleine verbringen müssen.

Ich habe früher immer gedacht, dass ich als Erwachsener mein Leben selbst bestimmen kann.

Ich kann bestimmen mit wem ich zu tun haben will und was ich machen will. Und wenn ich mich in einer Situation unwohl fühlen würde, dann würde es in meiner Hand liegen, diese Situation zu verändern.

Dass einmal Geheimdienste mein Leben bestimmen würden, wäre mir niemals in den Sinn gekommen. Heute denke ich manchmal, dass die einzige Möglichkeit, ein von Geheimdiensten aufgezwungenes Leben abzulehnen, der Freitod ist.

2013 war mein 'Widerstand im Kopf', der Versuch ein scheinbar unabwendbares Schicksal nicht einfach hinzunehmen und stattdessen den „Kampf gegen Gipfel" aufzunehmen.

Ich hatte eine Form gefunden, gegen eine krasse Ungerechtigkeit und einen krassen Verstoß gegen grundlegende Menschenrechte einen gewaltfreien Widerstand zu leisten und ich habe Andere zu passivem Widerstand aufgerufen.

Offensichtlich war dieser Versuch nicht ohne Erfolg, denn im November 2013 hieß es:

„Du hast hier wahre Wunder bewirkt."

Allerdings traf ich auf gnadenlose Amerikaner, so dass mein 'Widerstand im Kopf" im November 2013 sein unschönes Ende finden sollte.

Ich erinnere mich, dass ich in meiner Oberstufenzeit für den Deutsch Leistungskurs eine Arbeit über Albert Camus 'Der Mythos von Sisyphos' angefertigt habe. In dem Buch von Camus geht es um eine philosophische Auseinandersetzung mit der Frage, "ob das Leben die Mühe, gelebt zu werden, lohnt oder nicht". Ich fand die Antwort, dass man sich Sisyphos als einen Menschen vorstellen müsse, der jeden Gran seines Steines liebt, damals sehr sympathisch.

Bis 2013 habe ich mein Leben - trotz aller Schwierigkeiten - geliebt.

Dass sich für mich einmal die Frage stellen würde, ob das Leben die Mühe wirklich noch wert sei oder ob nicht, hätte ich nicht für möglich gehalten. Aber ich habe mir diese Frage in den vergangenen Wochen gestellt. Genauso wie ich mir die Frage gestellt habe, ob der Freitod die letzte verbliebene Möglichkeit des Widerstandes sein könnte.

Ich verlasse heute die BTS nach dem Frühstück. Ich habe einen Termin bei meinem Psychiater. Ich frage ihn, ob er einen Arztbrief für meinen Rechtsanwalt schreiben kann, indem er kurz darlegt, warum ich seiner Meinung nach rehafähig bin.
Dies hält er aber für unnötig, da das Sozialgericht sowieso einen vorgefertigten Fragenkatalog an ihn schicken würde, denn er dann ausfüllen müsste.

Auf die Gartengruppe habe ich heute keine große Lust: Ich möchte heute lieber alleine sein. Ich kaufe mir eine Pepsi und Schokolade und setze mich ans Internet, um Stratego zu spielen.

15. November 2016
Heute früh gegen 10 Uhr treffe ich mich mit Herrn Böhme, meinem Wohnprojektsbetreuer.
Er unterstützt mich in Behördenangelegenheiten. Heute stellen wir den Antrag für die Prozesskostenhilfe fertig. Jetzt fehlen nur noch die Kontoauszüge der vergangenen drei Monate.

Ich gehe in die KBS, wo es für mich mal wieder nichts zu tun gibt. Leider funktioniert am Computer der KBS mal wieder das Internet nicht. Um nicht doof rumzusitzen, gehe ich also ins Internetcafe um die Ecke und spiele einige Partien Stratego.
Gegen 12.30 ist das Mittagessen fertig. Heute gibt es Eisbein. Das ist nicht gerade mein Lieblingsessen. Aber ich bin nicht wählerisch. Es gibt eigentlich nichts, was ich nicht esse.

Nach dem Essen bin ich müde. Ich halte einen Mittagsschlaf und als ich aufstehe wird es draußen schon fast dunkel. Es kostet Disziplin, aufzustehen und Tagebuch schreiben zu gehen und nicht einfach fernseh zu gucken oder im Internet zu zocken.

Um Tagebuch zu schreiben, gehe ich immer in ein Cafe. Ich möchte nicht ständig in meinem Zimmer sein bzw. in meiner heruntergekommenen Psycho WG. Ich fahre heute zu meinem Lieblingscafe in der Warschauer Straße. Hier bin ich mit zweien meiner Freundinnen zusammen gekommen. Wenn ich mich richtig erinnere war das in den Jahren 2011 und 2012. Ich erinnere mich gerne an diese Zeit zurück.
Man kann hier umsonst Zeitung lesen. Das ist etwas, was ich schon in meiner Studienzeit gerne gemacht habe. Ins Cafe gehen, um einen Kaffee zu trinken und Zeitung zu lesen. Außerdem ist die Musik meistens auch ganz ok. Und es ist kein krankes Umfeld. Die meisten Leute in der BTS und in der KBS sind psychisch krank. Und Viele sind das schon seit ihrer Ausbildung.
Während meines Studiums in Heidelberg war mein Lieblingscafe ein Schachcafe. Dort konnte ich in der Zeit zwischen den Vorlesungen und Seminaren jederzeit eine Partie Schach zocken.

Wenn ich meinem Wohnprojektsbetreuer erzähle, dass meine Freunde über Deutschland und die ganze Welt verteilt sind und, dass es ziemlich einsam geworden ist seit die Stimmen seit 2014 nicht mehr an meinem Schicksal Anteil nehmen, dann meint dieser, dass ich in der BTS und in der KBS neue Freunde finden könne. Das ist aber, wie ich finde, gar nicht so einfach, da ich die meisten Leute und das, was sie zu erzählen haben, einfach langweilig finde.

Ich kommentiere ein Erlebnis, das ich am Wochenende hatte und ich schreibe in mein Tagebuch, dass ich hoffe, dass die Deutschen, mit denen ich 2013 zu tun hatte, mich als denjenigen in Erinnerung behalten, der ich wirklich war. Als Jemanden, der am Abend Tango tanzen gegangen ist, der sich an der Schönheit der Frauen und der Musik erfreuen konnte und der kein Pornogucker und kein Fernsehgucker gewesen ist.

17. November 2016

Wir haben Donnerstag und für Heute ist Bowling vorgesehen.

Ich möchte heute nicht zum Bowling, sondern lieber meinem Rechtsanwalt die fehlenden Unterlagen bringen und dann in die Sauna gehen. Ich rufe also in der KBS an und sage die Ausflugsgruppe ab.

Dann gehe ich zu dem Bäcker in der Schönhauser Allee, wo ich für 3,59 Euro ein Frühstück bekomme. Mir schmeckt es hier besonders gut. Es gibt zwei Brötchen, Käse und Salami, Konfitüre und ein Ei. Außerdem eine Tasse Kaffee. Das ist mehr, als es in der BTS gibt. Dort sind nämlich nur eineinhalb Brötchen vorgesehen. Manchmal esse ich beim Bäcker sogar noch ein Stück Käsetorte, obwohl ich finde, dass 2,40 Euro ein Wucherpreis ist. Aber ich bin Nichtraucher und dadurch spare ich jeden Monat ziemlich viel und kann mir ab und zu ein Stück Käsetorte leisten oder auch den wöchentlichen Saunagang.

Nach dem Frühstück spiele ich noch eine Partie Stratego im Internet. Um 14 Uhr gehe ich dann mit dem Antrag auf Prozesskostenhilfe und den Kontoauszügen der vergangenen drei Monate zu meinem Rechtsanwalt. Leider braucht mein Anwalt auch noch meinen Mietvertrag und den aktuellen ALG II Bescheid.

Ich gehe also zu Herrn Böhme ins Via - Büro und bitte ihn den Mietvertrag und den ALG II Bescheid, an meinen Rechtsanwalt zu faxen.
Anschließend packe ich meine Sachen für die Sauna.
Ich fahre zum Schwimmbad Fischerinsel. Leider habe ich nicht genug Geld, um das Pfand für den Schrankschlüssel zu bezahlen. Aber der Mann an der Kasse ist so nett, mir den Schlüssel auch so zu geben. Drei Stunden kosten 7,50 Euro.
Ich gehe jeweils zum Aufguss in die Sauna. Heute Nachmittag gehe ich dreimal in die Sauna. Um viertel nach drei, um viertel nach vier und um viertel nach fünf. Um sechs Uhr am Abend verlasse ich die Sauna. Die Zeit ging schnell vorbei.

Am späten Abend lese ich in meinen Tagebüchern und Aufzeichnungen von Januar bis Juni 2013.
Mir fallen dabei zwei Dinge auf. Zum einen wieviel Hoffnung ich 2013 noch hatte und zum anderen was

für krasse Sachen der Verfassungsschutz mir angetan hat.

Noch ein dritter Punkt fällt mir auf. Ich habe immer wieder versucht den Stimmen eigene Gedankengänge entgegen zu setzen. Das war eigentlich schon 2012 der Fall. Und das sollte auch 2013 der Fall sein. Ich war 2013 keineswegs gewillt einfach so hinzunehmen, dass ich für den Rest meines Lebens ein Geheimdienstopfer sein sollte.

In meinem Zimmer habe ich noch die Kalenderblätter der drei letzten Monate meines passiven Widerstandes. Auf dem Kalenderblatt vom August 2013 steht groß mit Ausrufezeichen 'Einigkeit und Recht und Freiheit' und auf dem Kalenderblatt vom September 2013 steht 'Befehle und Anweisungen, die der Verfassung widersprechen, sind zu verweigern.'

Neben den Kalenderblättern hängt ein Bildnis der Stauffenbergbrüder, das ich noch aus der Zeit habe, als ich in Stuttgart Geschichte unterrichtete. Darunter habe ich geschrieben 'Widerstand gegen Unrecht'. Dass ich gerade die Stauffenbergbrüder aufgehängt habe, hängt mit der zweiten Gruppe der Deutschen zusammen, die sich im Laufe des Jahres 2013 mit mir solidarisiert haben und die 2013 an meinem Leben und an meinen Gedankengängen Anteil genommen haben.

18. November 2016

Heute gehe ich zu meinem Zuverdienst in ein Cafe in der Erich Weinert Straße, das von Prenzlkomm organisiert wird. Hier arbeite ich jeden Freitagvormittag. Das heißt viel gibt es hier eigentlich nicht zu tun. Ich arbeite am Tresen, d.h. ich nehme Bestellungen entgegen und mache die Getränke, während ich die Essensbestellungen an die Küche weitergebe.

Zuverdienste sind Arbeitsstellen, die psychisch Kranken die Möglichkeit eröffnen etwas zu tun. Dabei geht es darum überhaupt irgendetwas 'Normales' zu tun zu haben. Entsprechend gering sind die Aufwandsentschädigungen, denn es gibt einen Stundenlohn, der in der Regel bei ein bis zwei Euro die Stunde liegt.

Meistens ist nicht viel los und ich nutze die Zeit, wenn keine Kundschaft da ist, um Zeitung zu lesen oder am Schachtisch eine Schachpartie nachzuspielen. Das macht wahrscheinlich auf die Mitarbeiter von Prenzlkomm nicht den besten Eindruck, denn zuletzt hieß es, dass die Leute von Prenzlkomm überlegen würden, was ich außer dem Thekendienst im Cafe noch machen könnte.

Den ganzen Vormittag habe ich einen Tagebucheintrag vom 1.6. 2013 im Kopf:

„Dein Vater hat dir dein ganzes Leben kaputt gemacht."

„Wegen ihm kannst du keine Kinder mehr bekommen."

Wenn ich daran denke, dass dies tatsächlich der Wahrheit entsprechen könnte und wieviel Macht der Verfassungsschutz in Deutschland offensichtlich hatte, abseits von Recht und Gesetz, eine Art Willkürjustiz auszuüben, wird mir schlecht. Seit meinen Geheimdiensterfahrungen ist mein Vertrauen in den Rechtsstaat empfindlich zerstört worden.

Ich hätte niemals für möglich gehalten, dass ich als Akademiker einmal so ein krasses Opfer einer Art Willkürjustiz werden könnte. Ich überlege wie ich das bezeichnen soll, was zuerst der Verfassungsschutz mit mir gemacht hat und später dann die Amerikaner fortgeführt haben. Mir fallen Begriffe ein wie 'Staatsterror' oder 'Staatsterrorismus'. In meinem Fall wurde, obwohl ich nichts Verbotenes gemacht habe, nicht nur der Rechtsstaat außer Kraft gesetzt, sondern auch jedes Recht auf Gerechtigkeit.

Ich hoffe wirklich, dass der Verfassungsschutz irgendwann einmal zugeben kann bzw. zugeben darf, was er mir alles angetan hat. Ich bin überzeugt, dass in meinem Fall, die in der Verfassung garantierten Grundrechte in der denkbar krassesten Weise verletzt wurden.

Geheimdienste sollten nicht einfach machen dürfen, was sie wollen. Es muss eine Möglichkeit parlamentarischer Kontrolle geben. Gerade dann, wenn die in der Verfassung garantierten Grund- und Freiheitsrechte betroffen sind.

Um eins habe ich Schluß und ich fahre zum Alexanderplatz. Dort nehme ich mein Mittagessen im Cafe 'Wandel' ein. Das Mittagessen kostet hier um die vier Euro, es schmeckt gut und ich schätze hier das Gefühl Teil der normalen Welt zu sein. Teil einer Welt, die in Ordnung ist.

Heute denke ich, wenn man erlebt hat, was ich seit 2012 erlebt habe, dann ist die Welt einfach nicht mehr 'in Ordnung'.

Jetzt ist es schon wieder 19 Uhr und ich denke mir, dass ich hier in diesem Buch den Versuch unternehme, gegen eine Welt, die nicht in Ordnung ist, anzuschreiben.

Eigentlich wollte ich um 19 Uhr schon einige Eröffnungen in meinem Notizblock aufgeschrieben haben, die ich heute Abend in meinem Schachverein diskutieren möchte. Nun gut – dann werde ich halt erst gegen 20 Uhr zum Clubabend fahren.

21. November 2016

Am Wochenende war ich bei meinen Eltern in Fürstenberg.

Es ist das erste Mal in fast drei Jahren, dass ich am Samstagmorgen einen Zug später komme, weil ich den Zug um 7.51 Uhr verpaßt habe. Normalerweise fahre ich so früh los, dass ich auch noch mit der nachfolgenden Tram, rechtzeitig meine S Bahn zum Bahnhof Gesundbrunnen erreiche. Doch heute fährt mir die S Bahn vor der Nase weg.

Ich besuche meine Eltern regelmäßig jedes zweite Wochenende. Ich mag hier auch das Gefühl von Normalität. Raus aus der Psycho WG. Raus aus dem Alleinsein.

In der Regel machen wir am Vormittag einen Spaziergang und nach dem Mittagessen spielen wir.

Am Samstagabend gucken wir die Fußball Bundesliga und einen Samstagabendfilm. Oft lege ich mich am Samstag nach dem Frühstück kurz hin, weil ich so früh aufgestanden bin. Doch an diesem Samstag klebe ich die Bilder der unterschiedlichen Einheiten auf die Plastikfiguren des Stratego, das mein Vater bei Amazon gekauft hat.

Das letzte Mal, als ich bei meinen Eltern war, habe ich so begeistert von dem Spiel erzählt, dass mein Vater sich entschlossen hat, selbst ein Stratego zu kaufen. Nach dem Mittagessen spielen mein Vater und ich eine Partie, die ich gewinne.

Am Sonntagnachmittag spielen wir unser Straßenspiel. So nennen wir ein Spiel, das wir selbst erfunden haben und das ähnlich ist wie Monopoly nur variantenreicher.

Heute ist Montag. Ich gehe in die BTS nach Buch. Am Vormittag ist Kochgruppe. Es gibt geschmorten Kohl mit Kartoffeln und Hackfleisch. Nachdem wir Kartoffel und Kohl geschnippelt haben, ist immer noch etwas mehr als eine Stunde Zeit. Um nicht doof rumzusitzen, lege ich mich hin.

Am Nachmittag lesen wir die Känguru - Chroniken von Marc Uwe Kling. Das haben wir zwar schon einmal gelesen. Aber das ist schon so lange her, dass sich kaum noch Jemand daran erinnern kann. Die Geschichten über das vorlaute Beuteltier sind sehr amüsant.

Nach der Literaturgruppe fahre ich zur KBS. Die Praktikantin hat zu ihrem Abschied einen Kuchen gebacken.

Am Abend lese ich in meinen Tagebucheintrag vom 24. April 2013:

'Wichtige Grund- und Menschenrechte:
- *Recht auf Unversehrtheit der Person.*
- *Recht auf freie Entfaltung der Persönlichkeit.*
- *Recht auf Freiheit der Gedanken.*
- *Recht auf Kommunikation.*
- *Recht auf Anhörung durch ein unabhängiges Gericht.*
- *Recht auf einen Anwalt.*
- *Recht auf die eigene religiöse Überzeugung.'*

Die Stimmen, die sich als Verfassungsschützer geoutet haben, kommentierten:
„Wir lieben dich, Alex."
„Du bist unser Held."

Einige Tage später am 27.4.2013 heißt es:
„Wir haben dich dein Leben lang behindert."
„Dabei hast du gar nichts getan."

Ich schlage im Internet die Artikel der Allgemeinen Erklärung der Menschenrechte nach:

Artikel 5 (Verbot der Folter)

Niemand darf der Folter oder grausamer, unmenschlicher oder erniedrigender Behandlung oder Strafe unterworfen werden.

Artikel 6 (Anerkennung als Rechtsperson)

31

Jeder hat das Recht, überall als rechtsfähig anerkannt zu   werden.

Artikel 8 (Anspruch auf Rechtsschutz)

Jeder hat Anspruch auf einen wirksamen Rechtsbehelf bei den zuständigen innerstaatlichen Gerichten gegen Handlungen, durch die seine ihm nach der Verfassung oder nach dem Gesetz zustehenden Grundrechte   verletzt   werden.

Artikel 10 (Anspruch auf faires Gerichtsverfahren)

Jeder hat bei der Feststellung seiner Rechte und Pflichten sowie bei einer gegen ihn erhobenen strafrechtlichen Beschuldigung in voller Gleichheit Anspruch auf ein gerechtes und öffentliches Verfahren vor einem unabhängigen und unparteiischen Gericht.

Artikel 11 (Unschuldsvermutung)

1. Jeder, der wegen einer strafbaren Handlung beschuldigt wird, hat das Recht, als unschuldig zu gelten, solange seine Schuld nicht in einem öffentlichen Verfahren, in dem er alle für seine Verteidigung notwendigen Garantien gehabt hat, gemäß dem Gesetz nachgewiesen   ist.

Artikel 12 (Freiheitssphäre des Einzelnen)

Niemand darf willkürlichen Eingriffen in sein Privatleben, seine Familie, seine Wohnung und seinen Schriftverkehr oder Beeinträchtigungen seiner Ehre und seines Rufes ausgesetzt werden. Jeder hat Anspruch auf rechtlichen Schutz gegen solche Eingriffe oder   Beeinträchtigungen.

Artikel 16 (Eheschließung, Familie)

1. Heiratsfähige Frauen und Männer haben ohne Beschränkung auf Grund der Rasse, der Staatsangehörigkeit oder der Religion das Recht zu heiraten und eine Familie zu gründen.

„Dein Vater war ein Idiot."

Ich erinnere mich:
„Dein Vater hat dir alles genommen, was du dir je aufgebaut hast."
„Du wurdest Opfer eines Eifersuchtsdramas."
„Dein Vater und der Verfassungsschutz haben deine Freundinnen vergrault."
„Es tut uns leid der Mist, den wir deinen Freundinnen erzählt haben."

22. November 2016

Wir haben Dienstag und ich fahre in die KBS zur Kochgruppe. Heute geht auch das Internet wieder.

Ich spiele einige Schachpartien im Netz.

Zum Mittagessen gibt es heute Enteneintopf. Nach dem Mittagessen fahre ich wieder in meine WG und lege mich kurz hin. Am Nachmittag installiere ich Civilization V auf dem Computer in unserem Wohnzimmer. Gestern habe ich meinen Mitbewohner gefragt, ob ich Civilization installieren darf.

Schon seit Langem ist Sid Meier`s Civilization eines meiner Lieblingsspiele und ich habe es schon lange nicht mehr gespielt. Ich freue mich vor allem darauf es mal wieder online gegen menschliche Gegner zu spielen.

Ich lese in meinem Tagebuch.

Am 27.4.2013 formulierte ich:

,Ich weiß nicht, wieviel Wahrheit von mir in der Außenwelt vorliegt. Ich hoffe viel und, dass sie Kreise ziehen kann.'

Ich erinnere mich, dass mein Freund Florian einmal sagte, dass jede Wahrheit so wertvoll sei, dass sie von zwei Lügen bewacht werden müsse.

Am 29.4.2013 schreibe ich in einer Reflexion mit der Überschrift *,Dunkle Beschatter'*, dass es womöglich im 21. Jahrhundert Menschen gibt, die für staatliche Apparate arbeiten und eine Macht ausüben, die an die dunkelste Zeit deutscher Regime erinnert. Nur eben mit modernen Mitteln.

Eine Stimme kommentierte:

"Tut mir wirklich leid."

„Der Verfassungsschutz hat - aus Versehen - einen Helden aus dir gemacht."

Am 1.5.2013 lese ich:
„Für uns bist du ein Held."
„Du bist aber der Arsch der Welt."

Und am 3.5.2013:
„Dein Vater hat dir dein Leben kaputt gemacht."
„Du bist ein Verfassungsschutzopfer geworden."
„Hast du dich nie gefragt, warum du so viel Pech hattest?"

Ich formuliere am 3.5.2013 die Hoffnung:

- *In meiner Welt gibt es Wahrheit, die heilt.*
- *In meiner Welt gibt es Liebe, die heilt.*
- *In meiner Welt gibt es gute Musik und Tanzen.*

Einen Tag später formuliere ich die Befürchtung, dass mein Schicksal nicht mehr in meiner Hand liegen könnte. Ich lese außerdem: *‚Krass bleibt die Vermutung, dass ich – ein Akademiker mit Hochschulabschluß in zwei Fächern - geplättet […] worden sein könnte. Es bleibt die Vermutung, dass mir - in sehr krasser Weise – Freiheitsrechte entzogen wurden!'*

23. November 2016
Wir haben Mittwoch und ich überrede mich aufzustehen und ein Leben zu leben, dass mir seit 2014 mehr wie ein 'Absitzen' vorkommt. In manchen Emails an meine Freunde habe ich dieses Leben daher auch als eine Art Haft bezeichnet. Ich besuche

irgendwelche Gruppen, die mir oft wie Gefängnisbeschäftigungen vorkommen. Das Recht auf eigene Berufswahl hat mir der Verfassungsschutz genommen und jetzt besuche ich irgendwelche Gruppen, um die Zeit rumzubringen. Das Recht auf ein selbstbestimmtes Leben wurde mir genommen. Und das in ziemlich krasser Weise.

Ich erinnere mich:

„Wir haben dir deine berufliche Karriere kaputt gemacht."

„Dein Professor wollte einen Professor aus dir machen. Er hatte sogar schon einen Zeitplan."

„Es tut uns leid, was wir gemacht haben."

Heute Vormittag ist Gesprächsgruppe und wir reden über die behinderte Tochter einer Teilnehmerin. Es fällt mir schwer, mir vorzustellen, wie es ist ein geistig und körperlich behindertes Kind zu haben.

Am Nachmittag fällt die Gartengruppe aus. Ich gehe in die Ergo Gruppe. Hier werden heute Weihnachtskarten gebastelt.

Am späten Nachmittag arbeite ich an diesem Buch und ich probiere Civilization V aus. Mein WG Nachbar hat mir erlaubt, das Spiel auf seinem PC im Wohnzimmer zu installieren. Ich bin jedoch enttäuscht. Da haben mir die Vorgängerversionen mehr Spaß gemacht.

28. November 2016

Wir haben schon wieder Montag. Beim Aufstehen kommt mir in den Sinn, dass der Verfassungsschutz mir mein Leben total versaut hat, obwohl ich nichts Verbotenes gemacht habe und, dass ich heute wieder zu irgendwelchen schwachsinnigen Betätigungen gehen werde, um die Zeit abzusitzen. Draußen ist es schon ziemlich kalt geworden. Ich fahre nach Buch in die Tagesstätte. Auf der Fahrt sehe ich eine attraktive Frau. Ich vermisse eine echte Beziehung und ich vermisse realen Sex.

Gestern habe ich Schach gespielt. Wir hatten einen Mannschaftswettkampf in Reinickendorf. Bei einem Mannschaftswettkampf spielen jeweils acht Spieler gegeneinander. Obwohl mein Gegner, ein besseres Rating hatte, habe ich mir nach etwa drei Stunden eine eindeutige Gewinnstellung erkämpft. Doch im 39. Zug habe ich dann einen dummen Fehler gemacht, der mich eine Figur und die Partie kostete. Da ich nicht mehr viel Zeit hatte, hätte ich nur einfache und sichere Züge spielen sollen. Ab dem 40. Zug hätte ich dann wieder genug Zeit gehabt, um die Partie zu einem positiven Ende zu führen Es ist sehr ärgerlich, wenn man durch einen doofen Fehler eine Partie verliert. Im Mannschaftswettkampf sollte mir so etwas eigentlich nicht passieren.
Nach dem Frühstück lese ich Zeitung. Dann helfe ich in der Kochgruppe Gemüse zu schnippeln. Heute gibt es Geschnetzeltes mit Reis und Krautsalat. Vor dem Mittagessen gibt es mal wieder nichts zu tun und ich lege mich, da ich nichts Besseres zu tun habe, in den Ruheraum.
Nach dem Mittagessen habe ich eine halbe Stunde für einen kurzen Mittagsschlaf. Dann beginnt die Lite-

raturgruppe. Wir lesen wieder in den Känguru - Chroniken.

Kurz vor drei gehe ich zur S Bahn . Ich gönne mir noch zwei Quarkbällchen. Und dann geht es zurück nach Pankow. Mir gegenüber sitzt ein anderer Nutzer der Tagesstätte. Ich weiß nicht wirklich, worüber ich mich mit ihm unterhalten könnte. Unsere Beschäftigungen haben nichts, was ich wirklich interessant finden würde. In Pankow angekommen gehe ich sofort in die BTS. Dort gibt es Kaffee und Stollen für je 30 Cent. Ich hole mir eine Tasse Kaffee und ein Stück Stollen und setze mich an den Rechner.

Mich interessiert die Schach WM, die in diesem Jahr in New York ausgetragen wird. Mal sehen, was die beiden Großmeister gespielt haben. Ich gehe auf Chess 24. Die Züge kann ich nachvollziehen. Es ist nichts wirklich Besonderes dabei.

Ich analysiere meine Partie von Sonntag. Dabei stelle ich fest, dass eine Eröffnungsidee, die ich als gute Alternative vermutet habe, ein Fehler gewesen wäre. Ich habe mir erst wenige Züge angeschaut, als ich unterbrochen werde. Ein anderer Nutzer möchte auch noch ins Internet.

Ich mache Schluß und fahre heim. Es ist fünf Uhr und ich möchte noch was einkaufen gehen.

In der WG angekommen, sehe ich, dass mein Mitbewohner das Internet nutzt und ich hier nicht auf Chess24 gehen kann, um meine Analyse fortzusetzen. Das ist aber auch nicht weiter schlimm. Ich lese in meinem Eröffnungsbuch nach, welche Züge die Meister vorschlagen und dann setze ich mich an Open Office, um mein Buch fortzusetzen.

Jetzt ist es schon kurz vor acht. Um 20.15 Uhr kommt ein Tatort in RBB.

29. November 2016

Heute treffe ich um kurz vor zehn eine Via Mitarbeiterin. Es steht nichts Wichtiges an und ich gehe gleich weiter zur Kochgruppe in die KBS. Der Raum, in dem der Computer steht, wird heute von einem KBS Mitarbeiter für ein Gespräch benutzt. Ich helfe kurz beim Schälen der Kartoffeln und dann gehe ich ins Internetcafe, um eine Partie Stratego zu spielen.

Um 12.30 Uhr bin ich wieder zurück. Es gibt heute Verlorene Eier mit Salat. Nach dem Essen spüle ich die Töpfe ab und dann setze ich mich an den PC, um auf Chess24, meine Partie zu Ende zu analysieren. Ich finde heraus, dass ich bereits im 19. Zug eine klare Gewinnabwicklung gehabt hätte. Um 15 Uhr kommen die Mitarbeiter der BTS zu einer Supervisionsveranstaltung und ich verlasse die KBS.

Am Nachmittag spiele ich wieder einige Partien Stratego im Netz. Jetzt ist es irgendwie zu spät fürs Tagebuchschreiben. Ich schaue mir auf Chess 24 die kommentierten letzten beiden WM Partien an.

Ich lese in meinen Tagebüchern von 2013 und erinnere mich:

„Du hast nichts Verbotenes gemacht und nichts Schlimmes."

Ich lese in meinem Tagebuch vom Mai 2013:

,Die Wahrheit ist dem Menschen zumutbar (Ingeborg Bachmann)'

Am 10.5. 2013 heißt es:

*„Es tut uns leid, dass wir einen Streber aus dir ge-
macht haben."*

„Was sollen wir dir erzählen?"

„Dass wir dir deine Welt kaputt gemacht haben?"

*„Der Verfassungsschutz hat   -aus Versehen - einen
Helden aus dir gemacht."*

1. Dezember 2016

Heute stehe ich eine halbe Stunde früher auf, um mir
noch ein Berlin Ticket für den Monat Dezember zu
kaufen. Dann fahre ich zur BTS in Pankow. Heute ist
Ausflugstag und mein Vorschlag, ins Deutsche Historische Museum zu gehen, hat gewonnen.

Wir fahren heute also zur Ausstellung 'Deutscher Kolonialismus' ins Deutsche Historische Museum.

Während der Fahrt werden wir kontrolliert und ich
bin froh, dass ich mir heute früh das Ticket für Dezember geholt habe.

Der deutsche Kolonialismus ist ein Thema, das im
deutschen Geschichtsbewußtsein wenig vorkommt.
Im Fernsehen sieht man zu allen möglichen Zeiten
Dokumentationen. Aber ich kann mich nicht erinnern,
schon einmal eine Doku zum deutschen Kolonialismus gesehen zu haben.

Auch während meines Studiums kann ich mich an
keine Veranstaltung erinnern, die sich mit dem deutschen Kolonialismus beschäftigt hat.

Die Zeit geht schnell rum. Gegen zwei Uhr bin ich in
meiner WG. Ich kann mich nochmal hinlegen, bevor
ich mich mit einer Via Mitarbeiterin treffe.

Mir kommt in den Sinn, dass ich einen guten Beruf
und Familie haben könnte und ich hadere mit mei-

nem Schicksal. Ich will nicht ein Leben als Geheimdienstopfer führen müssen. Soll ich Frau Liebling erzählen, dass ich frustrierend finde, dass der Verfassungsschutz nicht zugeben kann, dass er für die Stimmen verantwortlich ist, die ich gehört habe? Ich entscheide mich dagegen. Sie würde mir sowieso nicht glauben, dass meine Stimmen echte Menschen waren. Ich frage mich mal wieder, wie ich das Phänomen 'Authentizität' am besten beschreiben könnte.

Vom Sozialgericht kam ein Brief, in dem das Aktenzeichen unter dem die Klage gegen die Rentenversicherung geführt wird, bekannt gegeben wurde. Wir faxen den Brief an meinen Rechtsanwalt.

Anschließend fahre ich zu meiner Hausärztin nach Prenzlauer Berg. Es ist wieder einmal Zeit, sich Vitamin B12 spritzen zu lassen.

Im Sommer hatte ich sehr schlechte Blutwerte. Dabei wurde festgestellt, dass mein Körper -aufgrund einer Autoimmunerkrankung- kein Vitamin B12 transportieren kann. Seitdem muss ich mir das Vitamin B12 spritzen lassen. Ich gehe noch nen Kaffee trinken und nen Kuchen essen. Auf der Rückfahrt treffe ich in der Tram auf eine sehr sympathische Frau. Ich denke mir, dass ein ganz wichtiger Bereich des Lebens brach liegt.

Ich wollte niemals alleine durchs Leben gehen müssen. Die doofen Geheimdienste haben mir die grundlegendsten Freiheitsrechte genommen.

Ich erinnere mich wieder:

„Du hast nichts Verbotenes getan."

Ich frage mich, was ist ein Rechtsstaat für ein Rechtsstaat, wenn er einen Geheimdienst hat, der eine krasse Willkürjustiz ausüben darf. Ich erinnere mich, dass ich die Verfassungsschützer 2013 gefragt habe, ob ein Rechtsstaat noch ein Rechtsstaat ist, wenn er ein offensichtliches Unrecht duldet.

Ich erinnere mich:

„Tut uns leid, dass wir nach Amerika gegangen sind."
„Die Amerikaner sind Nazis."

Am Abend analysiere ich noch ein paar Eröffnungsvarianten auf chess24. Es wird sehr schnell sehr spät. Schließlich habe ich Probleme einzuschlafen. Vielleicht bin ich irgendwie über den Müdigkeitspunkt hinaus.

2. Dezember 2016

Ich habe wenig geschlafen und bin nicht besonders gut drauf. Auf den Zuverdienst habe ich heute gar keinen Bock. Ich rufe im Cafe an und sage meinen Dienst ab. Das ist nicht so schlimm, da es Freitags sowieso immer zwei Leute gibt, die am Tresen Dienst haben.

Ich analysiere einige Schachvarianten. Die Zeit geht schnell rum. Gegen eins fahre ich zum Cafe ‚Wandel', wo ich jeden Freitag Mittagessen gehe.

Nach dem Essen gehe ich zu meinem Friseur in Pankow. Ich möchte heute Abend zur Weihnachtsfeier meines Schachvereins nicht ganz so heruntergekommen aussehen.

Da alles voll ist, gehe ich noch schnell ins Interentcafe um die Ecke und zocke ne Partie Stratego. Anschließend komme ich nach wenigen Minuten dran. Waschen, schneiden und föhnen für 12 Euro. Das ist ok.

Jetzt ist es schon später Nachmittag. Eigentlich wollte ich ja heute Tagebuch schreiben. Aber nach ein paar Schachanalysen und nachdem ich noch kurz an diesem Buch gearbeitet habe, ist es schon Zeit zur Weihnachtsfeier zu fahren. Wegen eines Autounfalls steht die Tram ewig in Pankow herum und mir wird klar, dass ich nicht mehr pünktlich sein werde. Ich komme jedoch noch rechtzeitig zum Abendessen. Es gibt für Jeden drei Fleischstücke, Kartoffel und Gemüse. Die Gespräche finde ich wenig spannend. Aber das Essen ist ok. Für 15 Euro gibt es ein Hauptgericht mit einem Getränk und am späteren Abend noch ein kaltes Buffet.

Nach dem Abendessen gibt es einen Preisskat über zwei Runden. Ich lande im Mittelfeld und gewinne einen Sekt. Den werde ich wohl an Sylvester trinken. Wenn ich genügend Geld hätte, würde ich über Sylvester zu einem Freund fahren. Aber ich bin arm und das wenige Geld, das ich habe, möchte ich für eine Reise mit meinen Eltern nach Portugal im nächsten Jahr sparen. Es wird 2 Uhr bis ich wieder in meiner WG in Pankow bin.

5. Dezember 2016

Am Wochenende war ich wieder bei meinen Eltern. Wir haben viele Spiele gemacht, Fußballbundesliga angeschaut und gut gegessen.

Seit ich Psychotiker bin sind meine Eltern immer sehr liebenswürdig.

Ich erinnere mich:

„Als du dein Leben in den Griff bekommen hast und eine schöne Freundin hattest, ist dein Vater durchgedreht und hat alle verrückt gemacht."

Und: *„Dein Vater ist dafür verantwortlich, dass du eine Psychose hast."*

Ich denke mir, dass mein Vater nicht der einzige eifersüchtige Vater ist und, dass der unfähige Verfassungsschutz dafür verantwortlich ist, dass ich 2012 Stimmen gehört habe und deshalb eine Psychose habe.

Ich erinnere mich:

„Du hast nichts Verbotenes gemacht und nichts Schlimmes."

Ich denke mir, dass der 'Verfassungsschutz' meine Grundrechte aufgrund von übler Nachrede und Mutmaßungen, obwohl ich überhaupt nichts Verbotenes gemacht habe, in krassester Weise verletzt hat. Ich frage mich, was nutzt eigentlich eine Erklärung der Menschenrechte, wenn Geheimdienste machen dürfen, was sie wollen.

Die Fahrt zurück nach Berlin war dieses Mal eine schlimme Odysee. Ab Oranienburg musste ich S Bahn fahren. Die S Bahn fuhr jedoch in Waidmannslust plötzlich nicht mehr weiter. Auch die nachfolgende S Bahn endete in Waidmannslust. Ich beschloss schließlich mit dem Taxi eine Station weiter zu fahren, um ab hier die U 8 zu benutzen. Auf das Taxi habe ich eine gefühlte Ewigkeit gewartet und dann hieß es plötzlich, dass das Taxi schon voll sei. Und das, obwohl mir der Mann, der das Taxi bestellte, gesagt hat, dass ich mitfahren könne. Ich wartete also nochmal eine halbe Ewigkeit bis das nächste Taxi kam. Das Geld fürs Taxi teilte ich mir mit einer anderen Frau, die auch zur U 8 wollte. In der U Bahnstation angekommen, musste ich feststellen , dass die U 8 nach Wittenau auch nicht fährt.

Ich beschloß also den Bus nach Rosenthal Nord zu nehmen, um ab hier mit der M1 nach Pankow zu gelangen. Normal bin ich immer gegen halb acht zu Hause. Dieses Mal war es zwei Stunden später.

Heute früh fahre ich nicht in die BTS nach Buch , sondern nach Pankow in die Siegfriedstraße.

Dort betreuen uns heute die Mitarbeiter der KBS Pankow, weil die BTS Mitarbeiter eine Weiterbildung in Buch machen.

Es werden unterschiedliche Gruppen angeboten. Ich gehe in die Vorlesegruppe von Dr. Vogel. Es werden sehr kurze Geschichten von Elke Heidenreich vorgelesen. Die Zeit geht schnell rum. Es gibt heute Kartoffelsuppe mit Würstchen. Ich lege mich kurz hin und um halbzwei wird heute schon geschlossen.

In der WG lege ich mich wieder kurz hin. Aber ich ärgere mich nur über den Verfassungsschutz und ich ärgere mich, dass der Verfassungsschutz nicht die Verantwortung übernehmen kann für das, was er mir angetan hat und für die Stimmen, die ich 2012 und 2013 gehört habe.

Ich analysiere eine Schachvariante und schnell ist es 16 Uhr. Ich beschließe noch in die KBS zu fahren, um etwas unter Menschen zu kommen. Die älteren Damen, mit denen ich hier Romme spiele, sind zwar auch nicht meine Welt. Aber es ist wie mit den Nutzern der BTS. Es ist besser als Alleinsein.

Sehnsüchtig erinnere ich mich an die Zeit in Heidelberg zurück als ich viele Freunde und Bekannte hatte und wir viele spannende und lustige Themen teilten.

Auch mit der Waldorffrau Lucia hatte ich schöne Themen. Mit Lucia war ich 2012 zusammen. Lucia war der Anthroposophie zugetan und eine Anhängerin von Rudolf Steiner. Sie arbeitete für die Freunde der Erziehungskunst von Rudolf Steiner in Berlin. Ihre Sicht der Welt war spannend und voller Magie. Sie war eine große Liebe.

Anscheinend freute sich mein Vater 2012 nicht darüber, dass ich mein Leben in den Griff bekommen habe und eine schöne Freundin hatte, sondern drehte durch und der Verfassungsschutz ließ sich – wie schon zuvor- von einem eifersüchtigen Vater 'vor den Karren spannen'.

Ich erinnere mich:

„Dein Vater und der Verfassungsschutz haben deine Freundinnen vergrault."

Und:

„Wir haben dir deine Gefühle nicht abgenommen"
„Tut uns leid."

Wie krass ist das denn! Seit wann entscheidet in Deutschland der Verfassungsschutz darüber, ob Jemand echte Gefühle hat oder nicht. Je mehr ich darüber nachdenke, was der Verfassungsschutz in meinem Fall gemacht hat, um so mehr ärgere ich mich.

Zwar habe ich in meinem Tagebuch immer wieder notiert, dass Wahrheit heilt und, dass ich hoffe, dass die Wahrheit Kreise zieht. Aber heute denke ich oft, dass die Wahrheit furchtbar, erschreckend und frustrierend sein kann und, dass die Geheimdienste die Wahrheit über mich und mein Schicksal nicht ans Licht kommen lassen wollen.

Ich erinnere mich, dass ich den Deutschen, mit denen ich es 2013 zu tun habe, gesagt habe:

'Jede Lüge tötet einen Teil der Welt'.

Genau genommen habe ich es gedacht. Denn relativ schnell habe ich vermutet und dann auch festgestellt, dass die Stimmen wissen, was ich denke.

Ich weiß nicht mehr, wo ich diesen Satz aufgeschnappt habe. Aber ich weiß, dass ich von diesem Satz sehr beeindruckt war. Auch heute noch bin ich davon überzeugt, dass jede Lüge einen Teil der Welt tötet.

Ich hoffe sehr, dass irgendwann die Wahrheit über mich und mein Schicksal rauskommt und, dass irgendwann die Geheimdienste in Rechtsstaaten einer effektiven parlamentarischen Kontrolle unterliegen werden.

Am Abend schaue ich fernseh. Arte. Ein Film handelt vom Schicksal eines jüdischen Jungen während der Naziherrschaft. Und der andere Film vom jugoslawischen Bürgerkrieg in den 90er Jahren des 20. Jahrhunderts. Beide Filme zeigen, dass es auch unter widrigen Umständen Menschen gab, die Zivilcourage hatten. Im zweiten Film muss ein Soldat, der für einen muslimischen Zivilisten eintritt, sogar mit seinem Leben dafür bezahlen. Ich erinnere mich , dass sein Vater in dem Film sagte, dass er Angst habe, dass Jemand etwas Gutes tut und dies keine Kreise ziehen könnte.

Ich hoffe, dass die Wahrheit über das Handeln des deutschen und des amerikanischen Geheimdienstes, die ich hier aufschreibe, auch irgendwann einmal Kreise ziehen wird.

Ein moderner Rechtsstaat muss die Wahrheit aushalten können und Konsequenzen ziehen, die das Handeln der Geheimdienste zumindest einer effektiven parlamentarischen Kontrolle unterwerfen.

6. Dezember 2016

Am Morgen fahre ich in die KBS zur Kochgruppe. Das Internet funktioniert und ich spiele eine Schachpartie auf Chess24, die ich im Anschluß auch gleich analysiere.

Heute gibt es einen Weiße - Bohnen - Eintopf. Der schmeckt sehr lecker. Ich nehme mir heute zweimal nach. Essen ist zu einem wichtigen Teil meines Lebens geworden.

Heute gibt es nichts abzuwaschen. Ich beende die Analyse meiner Schachpartie und um zwei fahre ich heim. Ich lege mich kurz hin. Aber ich denke über den Rechtsstaat nach und darüber, dass ich meinen Schülerinnen und Schülern beigebracht habe, dass es in Deutschland ein Recht gibt, dass für alle gilt. Dass der Verfassungsschutz in Deutschland eine so krasse 'Willkürjustiz' ausüben könnte, wie es in meinem Fall geschehen ist, hätte ich niemals für möglich gehalten. Ich ärgere mich, dass der Verfassungsschutz meine Grundrechte in so krasser und unverantwortlicher Weise verletzt hat und ich frage mich, was mein Vater denn dem Verfassungsschutz erzählt haben könnte.

Ich erinnere mich:

„Wir dachten wir müssten die Frauen vor dir beschützen."

Ich lese in meinem Tagebuch am 16. Juni 2013 den Eintrag:

„Dein Vater hat uns krassen Mist erzählt."

„Du konntest dich nicht wehren."

Dass ich als Akademiker, der fast fünf Jahre als Lehrer gearbeitet hat und nichts Verbotenes gemacht hat, so leicht ein krasses Geheimdienstopfer werden könnte, hätte ich bis 2013 niemals für möglich gehalten.

Ich schreibe an meinem Buch und die Zeit vergeht mal wieder sehr schnell.

Am späten Abend spiele ich Stratego und Schach im Internet. Ich lenke mich ab. Meine grundlegenden Ziele wurden mir kaputt gemacht. Die Bereiche des Lebens, die ich für am wichtigsten halte, sind mir weggebrochen.

8. Dezember 2016

Heute findet kein Ausflug statt, da heute zu wenig Betreuer da sind. Statt dessen schmücken einige der Nutzer den Weihnachtsbaum und Andere backen Plätzchen.

Ich helfe beim Vorbereiten des Mittagessens. Wir schälen Kartoffeln. Es gibt heute Königsberger Klöße mit Kartoffeln und einer Kapernsauce. Nach dem Schälen der Kartoffeln halte ich ein kurzes Nickerchen auf der Couch. Gestern habe ich noch sehr lange eine Schachpartie analysiert und bin spät ins Bett gekommen.

Rene kommt auf mich zu. Er hat mit einem der Betreuer ausgerechnet, wieviel eine Wanderung an der italienischen Amalfiküste kosten würde.

Rene kam auf die Idee, dass wir an der Amalfiküste wandern könnten, als wir an einem der letzten Ausflugstage in einer Gemäldegalerie waren und uns dort einige Bilder der italienischen Amalfiküste von bekannten deutschen Romantikern angeschaut haben.

Der Flug und die Übernachtungen würden im Mai 2017 wohl um die 380 Euro kosten.

Ich sage ihm, dass ich bis dahin keine 380 Euro ansparen kann. Bis ich 380 Euro angespart habe brauche ich mindestens noch ein Jahr. Und dabei habe ich die finanziellen Zuwendungen von meinem Onkel mit eingerechnet.

Nach dem Mittagessen helfe ich beim Ausstechen der Plätzchen. Der Teig schmeckt besser als die fertigen Plätzchen.

Am Nachmittag wollte ich eigentlich in ein Softwaregeschäft gehen, um zu schauen, ob ich Civilization V verkaufen kann und dafür ein Civilization III kaufen kann. Aber ich bin in die Analyse einer Schachvariante vertieft.

In meinem Tagebuch vom Mai 2013 lese ich davon, dass ich regelmäßig Tango tanzen gegangen bin. Ich erinnere mich, dass die Stimmen dies kommentierten:

„Du gehst Tango tanzen."
„Das ist peinlich."

9. Dezember 2016

Heute Vormittag gehe ich zu meinem Zuverdienst in das Cafe in der Erich Weinert Straße.

Ich räume die Bierflaschen aus der Kühlanlage, um die Abflußrinne zu reinigen. Anschließend lese ich Zeitung und am Schachtisch spiele ich eine Schachpartie nach.

Eine neue Mitarbeiterin stellt sich vor. Eine attraktive Frau. Wiedermal denke ich, dass mir der wichtigste Teil des Lebens weggebrochen ist.

Hoffentlich erinnern sich die Deutschen, mit denen ich 2013 zu tun hatte, daran, dass ich nichts Verbotenes gemacht habe und nichts Schlimmes. Hoffentlich kommt die Wahrheit irgendwann einmal raus.

Zum Mittagessen gehe ich - wie immer Freitags – ins Cafe ‚Wandel'.

Nach dem Essen gehe ich heute in das Second Hand Kaufhaus am Alex. Ich suche einen Pulli. Aber ich finde keinen in meiner Größe. Ich betrachte mich im Spiegel und denke mir: Ein schöner Mann. Schließlich kaufe ich eine Hose für 15 Euro. Die Hose ist etwas zu lang. Ich werde meine Mutter fragen, ob sie mir die Hose kürzen kann.

Am Nachmittag schreibe ich mir ein paar Schachvarianten auf.

Um 19.30 fahre ich zum Spielabend meines Schachvereins. Mein Freund Ilja ruft an. Er fragt mich wie es mir geht. Er hält es für richtig, dass ich gegen die Rentenversicherung beim Sozialgericht klage und er freut sich, dass ich stabil bin.

Ilja hat einen Bruder, der Stimmenhörer ist. Für Ilja ist klar, dass die Stimmen Teil einer Krankheit sind. Wie soll ich ihm nur klar machen, dass meine Stimmen echte Menschen gewesen sind? Ich weiß nur, dass ich mir sicher bin, dass ich mit echten Menschen zu tun hatte.

Kurz sieht sich Uwe von der ersten Mannschaft die Eröffnung an, zu der ich eine Frage habe. Dann spiele ich ein paar Schnellpartien gegen sehr viel bessere Spieler. Ich verliere natürlich. Aber ich habe einige neue Eröffnungsvarianten für die Analyse am PC.

10. Dezember 2016

Heute ist Samstag und ich schlafe aus. Es ist schon fast Mittag, als ich mein Frühstück beim Bäcker in der Schönhauser Allee einnehme. Die Zeit reicht noch für eine Partie Stratego im Internetcafe.

Dann muss ich los zur KBS. Heute Nachmittag wird ein gemeinsamer Gang zum Weihnachtsmarkt nach Spandau angeboten.

Der Weihnachtsmarkt ist schön. Besonders gut gefällt mir der mittelalterliche Teil des Marktes. Hier sitzen wir am Feuer und trinken Glühwein.

Ich muss daran denken, dass ich Familie haben könnte und einen guten Beruf.

Immer wieder hieß es 2013:

„Du könntest Familie haben."

„Du könntest Professor sein."

„Was für Möglichkeiten du hattest!"

Ich wollte zwar immer in die wissenschaftliche Arbeit gehen. Trotzdem halte ich es für schwierig, ein Professor zu werden. Aber eine Doktorarbeit hätte ich sicher geschafft und damit hätte ich bestimmt auch gute Voraussetzungen für einen guten Beruf gehabt.

Auf der Rückfahrt fühle ich mich ziemlich müde. Eigentlich wollte ich heute noch zu C&A, um dort nach einem passendem Pullover zu schauen. Aber ich will nur noch in mein Bett und fernseh schauen und früh einschlafen, um morgen fit zu sein. Ich lasse mich vom Fernseher berieseln und schlafe dabei ein.

11. Dezember 2016

Um zehn nach acht klingelt mein Handywecker. Ich überrede mich aufzustehen.

Nachdem ich mich frisch gemacht habe, fahre ich zu unserem Spiellokal. Wir spielen heute gegen die sechste Mannschaft von Eintracht Berlin. Ich habe einen Gegner, der zwar eine niedrigere Ratingzahl hat, als ich, aber in dieser Saison schon sehr viel besser gespielt hat. Das ist eine ziemlich undankbare Aufgabe. Unglücklicherweise habe ich auch noch Schwarz. Das bedeutet, dass ich weniger Einfluß auf die Eröffnung habe, die gespielt wird.

Mein Gegner spielt eine Eröffnung, die ich im vergangenen Jahr nie gewinnen konnte. Ich entscheide mich für eine Umgruppierung meiner Figuren, um eine Figur, die bei dieser Eröffnung immer sehr passiv steht, abtauschen zu können. Dann mache ich jedoch einen Fehler, der mir den Abtausch versaut. Anschließend unterschätze ich die Kontrolle der C Linie und lasse zu, dass mein Gegner über die C Linie in meine Stellung eindringt. Ein verheerender Fehler, denn das kostet mich einen Bauern. Mein Gegner nutzt den Mehrbauern und gewinnt die Partie. Lange sieht es so aus, als ob wir den Mannschaftskampf nicht gewinnen würden, sondern im besten Fall ein Unentschieden rausholen könnten. Doch glücklicherweise macht der gegnerische Spieler an Brett 1 einen Patzer, so dass wir doch noch gewinnen. Ich bin froh, dass wir - trotz meiner Niederlage – gewonnen haben.

Ich schaue mir noch einen Endspielkampf bei der ersten Mannschaft an.

Wenn es nach mir ginge, könnten wir alle zwei Wochen einen Mannschaftskampf haben. Aber es sind nur acht Partien im Jahr.

Es wird drei Uhr, als ich die S Bahnstation Greifswalder Straße erreiche. Hier hole ich mir bei Mc Donalds einen Cheeseburger und eine Tüte Pommes. In der WG setze ich mich gleich an den PC, um auf chess24, die heutige Eröffnungsvariante zu analysieren. In den meisten Abspielen, die ich finde, hat Weiß am Schluß eine bessere Stellung. Ich bekomme Zweifel, ob ich diese Eröffnung als Schwarzer weiter spielen soll.

Ich analysiere meine heutige Partie und finde heraus, dass ich einen für mich günstigen Figurenabtausch übersehen habe und, dass ich im 32. Zug auf der gegnerischen Grundlinie Gegenspiel gehabt hätte. Wieder einmal hätte ich mit Schwarz mindestens ein Remis rausholen können. Ich komme sehr spät ins Bett und ich gucke noch ein wenig fernseh, um nicht nur Schach im Kopf zu haben.

12. Dezember 2016

Wir haben Montag und wie jeden Montag fahre ich zur BTS nach Buch. Im Gepäck habe ich dieses Mal zwei Bücher über Schacheröffnungen.

Beim Frühstück sind fast alle Plätze besetzt. Ich kann mich gar nicht erinnern, dass wir schon einmal so viele Leute gewesen sind. Nach dem Frühstück zupfen wir im Vorgarten Salatblätter.

Dann decken wir den Tisch und anschließend würfeln wir den Schinkenspeck. Es gibt heute Nudeln mit einer Schinkensahnesauce.

Ich lese eines der Bücher über die Eröffnung, die ich gestern gespielt habe. Schnell ist Mittag.

Nach dem Mittagessen habe ich eine halbe Stunde für ein Mittagsschläfchen. Der Ruheraum ist besetzt. Ich hole mir eine Matte und ein Kissen und lege mich in einen der freien Räume.

Um halbzwei kommt Kira, die hübsche Ergotherapeutin und sagt, dass die Literaturgruppe anfangen würde. Ich hole mir einen Becher Kaffee und setze mich in den Ergoraum zu den Anderen. Wir lesen heute wieder in den Känguru - Chroniken.

Kurz nach halbdrei fahre ich wieder nach Pankow. Ich gehe heute nicht zur KBS zum Kartenspielen, denn ich möchte den Fragebogen des Sozialgerichtes fertigstellen und meinem Anwalt faxen. Ich gehe ins Via - Büro und faxe meinem Anwalt vier Seiten.

Dann bin ich wieder auf Chess24 und analysiere meine Partie vom Sonntag. Ich entdecke einen Angriffszug, der jede Menge Mattangriffe droht und für Weiß bei korrekter Verteidigung im besten Fall ein Unentschieden zuläßt. Ich fühle mich wieder wohl mit meiner Eröffnung.

Ich lese am 10.5. 2013:

„Aus dir ist - aus Versehen – ein Streber geworden."

„Das ist peinlich."

Die nächste Stimme findet sich am 19.5.2013:

„Es ist sowieso schon zu spät. Mach das Beste draus."

13. Dezember 2016

Gegen halbzehn bin ich im Via - Büro, um mich mit Herrn Böhme zu besprechen. Es steht nichts wirklich Wichtiges an und ich gehe weiter zur KBS.

Am schwarzen Brett hängt eine Ankündigung, dass es noch Karten für den Friedrichsstadtpalast für fünf Euro gibt. Sofort reserviere ich mir einen Platz. Die Karten sind erfahrungsgemäß immer sehr schnell vergriffen.

Heute gibt es Rouladen mit Kartoffeln oder mit Knödeln. Ich möchte beim Schälen der Kartoffeln helfen. Werde aber vertrieben. Also gehe ich ins Internet und spiele ein paar Schachpartien auf Chess24.

Das Mittagessen schmeckt hervorragend und ich mache mir meinen Teller nochmal voll.

Anschließend spiele ich nochmal Schach. Auf der Fahrt zurück habe ich Bauchschmerzen.

Ob ich zu viel gegessen habe?

In der WG angekommen lege ich mich zuerst einmal hin. Am Nachmittag will ich endlich wieder Tagebuch schreiben. Ich fahre in ein Cafe in der Schönhauser Allee. Ich habe heute keine Lust nach Friedrichshain zu fahren. Ich bestelle einen großen O Saft und schreibe einige wichtige Erlebnisse in mein Tagebuch. Es hat hier so viele schöne und interessant wirkende Frauen und ich darf nicht. Platon hatte schon recht. Ohne eine Frau ist ein Mann nur eine Hälfte. Nur zusammen sind ein Mann und eine Frau ein Ganzes. Ich kann hier natürlich nur von mir reden. So empfinde ich das eben.

Und gerade mein Schicksal muss es sein, ein Geheimdienstopfer zu sein. So ein mieses Schicksal hätte ich wirklich nicht für möglich gehalten.

Ich fahre heim und spiele noch ein paar Partien Schach auf Chess24.

Ich hole mein altes Tagebuch und suche den nächsten Stimmeneintrag und ich finde ihn am 29.5.2013:

„Dein Vater hat dir dein Leben versaut."

„Dein doofer Vater und dein blöder Nachbar sind dran schuld, dass du eine Psychose bekommen hast."

„Du bist eigentlich ein ganz normaler Mensch."

„Dein Vater hat dir dein Leben kaputt gemacht."

„Dein Vater. Dieser Mistkerl."

Ich habe das am 29.5.2013 in meinem Tagebuch kommentiert:

‚Ausgerechnet mein Vater, der mein ganzes Leben lang davon sprach, dass Familie von besonders großer Bedeutung sei, macht mir mein Leben kaputt?'

Ich denke mir, dass mir diese übersteigerte Darstellung der Bedeutung der Familie schon immer komisch vorkam. Aber auch wenn für meinen Vater die Familie in Wirklichkeit gar nicht höchste Priorität hatte und er in Wirklichkeit von seiner Eifersucht beherrscht wurde, so hat er deshalb noch lange nicht die Stimmen in meinem Kopf zu verantworten, die mich 2012 terrorisiert haben.

Die haben auch nicht meine blöden Nachbarn zu verantworten. Dieser Terror ist doch wohl das Werk des Verfassungsschutzes gewesen. Ich überlege mir kurz, ob ich hier von Terror oder vielleicht sogar besser von Folter sprechen soll. Das war, meiner Meinung nach, eine Methode, die man durchaus als Foltermethode bezeichnen kann.

14. Dezember 2016

Scheiße! Ich bin ein krasses Geheimdienstopfer. So ne Scheiße! Scheiße! Scheiße!

Heute ist Weihnachtsfeier in der BTS in Pankow. Dabei werden viele leckere Speisen zubereitet und dann gibt es einen Brunch. Doch vor dem Essen wird noch ein lustiges Theaterstück von den Mitarbeitern aufgeführt. Ich nehme mir von den Frikadellen, vom Käse und außerdem Tomate mit Mozarella.

Nach dem Essen kommt ein Weihnachtsmann und verteilt Geschenke. Jeder Nutzer hat einen Namen gezogen und für diese Person ein Geschenk besorgt. Ich habe eine Tasse verschenkt und bekommen habe ich eine kleine Zimmerpflanze und Schokolade. Gegen zwei verlasse ich die Tagesstätte und geh heim.

Ich spiele Schach und Stratego. Beim Stratego habe ich eine Negativserie. Ich verliere sechs oder sieben Spiele in Folge. Oft gibt es solche Serien. Es gibt Tage, an denen alles schief läuft und Tage, wo alles klappt. Nun gut. Heute ist nicht mein Tag.

Ich schlage in meinem alten Tagebuch nach und lese am 29.5.2013:

„Du bist – aus Versehen – ein besonders intuitiver Mensch geworden.“

„Der intuitivste Typ, den es gibt, hat den blödesten Vater, den es gibt.“

„Für uns bist du ein Held.“

Am Abend schaue ich mir noch einen Film im Fernsehen an.

Ich denke mir, dass ich nie ein 'Held' sein wollte. Außer vielleicht für meine Familie.

Ich denke mir, dass ich in Wirklichkeit jemand bin, dem das Wichtigste kaputt gemacht wurde. Ich bin in Wirklichkeit ein krasses Geheimdienstopfer. Und das ist ein ganz mieses Schicksal.

Es ist einfach scheiße keinen Beruf und keine eigene Familie zu haben.

Hoffentlich erinnern sich die Deutschen, mit denen ich 2013 zu tun hatte, wenigstens daran, wer ich wirklich war und worum es mir ging.

Hoffentlich macht der deutsche Verfassungsschutz niemals wieder Jemandem nur aufgrund übler Nachrede das ganze Leben kaputt.

15. Dezember 2016

Geträumt. Heute Nacht habe ich davon geträumt, eine schöne Beziehung zu haben.

Leider bin ich aufgewacht und meine Wirklichkeit ist immer noch so beschissen, wie am Tag zuvor.

Ich fahre zur BTS in die Siegfriedstraße. Heute fahren wir auf den Weihnachtsmarkt zum Gendarmenmarkt.

Ich bitte Felix, einen der Betreuer, nochmal zu schauen, ob es wieder den 'Nachtzug nach Lissabon' von Pascal Mercier bei Amazon zu kaufen gibt. Und tatsächlich gibt es den Roman für einen Cent plus Versandkosten. Das heißt er ist quasi umsonst.

Wer bietet denn ein Buch an für einen Cent?

Aber mir soll es recht sein. Felix meint, dass das Buch nächste Woche da sein müsste. Auf dem Weihnachtsmarkt sind wir nur etwa 20 Minuten. Dann wollen die meisten, etwas trinken gehen. Aber nicht draußen auf dem Weihnachtsmarkt, sondern irgendwo drinnen. Wir suchen also eine Bäckerei. Dort trinken wir einen Kaffee, der uns von Albatros bezahlt wird.

Auf der Heimfahrt denke ich mir, dass mir der Aufenthalt auf dem Weihnachtsmarkt eigentlich zu kurz war und erinnere mich, dass Rene ja auch gerne auf den Weihnachtsmarkt gehen wollte, aber heute keine Zeit hatte. Ich schreibe ihm eine SMS, ob er Lust hat, mit mir auf den Weihnachtsmarkt zu gehen. Er findet, dass das eine gute Idee sei und fragt mich, ob ich nächsten Dienstag Zeit hätte. Habe ich. Sehr gut.

Rene ist der Einzige in der BTS, mit dem ich mich einigermaßen gut unterhalten kann. Er ist vielseitig interessiert und seine Kommentare sind selten langweilig. Er ist eine echte Bereicherung für die BTS. Wenn er nicht mehr da wäre, würde er fehlen.

Ich spiele Stratego und warte vergebens auf eine Siegserie. Anschließend suche ich im Internet nach Läden, die Computerspiele verkaufen. Ich schreibe mir die Telefonnummern auf. Es ist entweder besetzt oder die Telefonnummer ist nicht vergeben. Ich stoße im Netz auf die Internetseite eines Spieleclubs. Die Treffen finden Mittwochs um 19 Uhr in der Nazarethkirche am Leopoldplatz statt. Hört sich interessant an. Dort werde ich nächsten Mittwoch mal vorbeischauen.

Ich lese in meinem Tagebuch am 31.5.2013 den Eintrag:

,Ich weiß nicht worin der Sinn liegen mag, dass ich in diese Situation kam.

Vielleicht ist der Sinn, Menschen, die sich göttliche Kräfte gegenüber anderen Menschen zuordnen, damit zu konfrontieren, dass sie fehlbar sind.'

16. Dezember 2016

Ich fahre zu meinem Zuverdienst in die Erich Weinert Straße.

Heute sind wir sogar zu dritt am Tresen. Ich mache mir einen Kaffee und lese Zeitung.

Es ist nicht viel los. Ich gehe zum Schachtisch und spiele ein paar Partien nach. Die Zeit geht schnell rum.

Vor dem Mittagessen gehe ich in die Schönhauser Allee Arcaden. Dort soll es einen Computerspieleladen geben. Doch wie ich schon befürchtet habe, gibt es nur sehr wenige Spiele für den PC und Civilization ist nicht darunter. Statt eines Computerspiels kaufe ich mir ein Buch. 'Krieg und Frieden' von Leo Tolstoi. Das wollte ich schon immer mal lesen.

Als ich im ‚Wandel' ankomme ist es schon kurz nach zwei. Ich hole mir ein Cordon Bleu mit Pommes.

Nach dem Mittagessen gehe ich zur DAK. Ich soll eine Zuzahlung von 110 Euro für meinen letzten Krankenhausaufenthalt leisten. Ich habe meinen ALG II Bescheid dabei und hoffe, dass ich eine Zuzahlungsbefreiung bekomme. Aber Freitags hat die DAK nur bis 13 Uhr auf.

Ich gehe in den Kaufhof und schaue mich nach Weingläsern um. Mein Vater hat bei meinem letzten Besuch gesagt, dass meine Eltern Weingläser brauchen könnten. Ich finde aber nicht die Weingläser, die ich mir vorstelle.

Bei C&A finde ich dafür einen Pulli, der mir paßt, für 12 Euro. Auf der Rückfahrt in die WG wird es schon dunkel. Gegen 16 Uhr klingel ich beim Via - Büro. Herr Böhme ist aber schon nach Hause gegangen.

Ich analysiere noch ein paar Schachvarianten. Und dann fahre ich zum Clubabend meines Schachvereins. Unser Schachlehrer, ein Fidemeister, bespricht mit uns heute einige Partien vom letzten Sonntag.

Auf der Rückfahrt blicke ich in einige erleuchtete Wohnungen und denke mir, dass ich jetzt eine schöne Wohnung haben könnte, einen guten Beruf, eine Frau und Kinder.

17. Dezember 2016

Um die Mittagszeit frühstücke ich in der Schönhauser Allee. In der Bäckerei sitzen zwei Päärchen. Ich denke mir, dass die meisten Menschen sich gar nicht vorstellen können, dass einem etwas, das so selbstverständlich scheint, wie die Möglichkeit eine Beziehung zu führen, verwehrt werden kann.

Anschließend fahre ich zur Therme am Europacenter. Nachdem ich mir jetzt zwei Samstage hintereinander das Geld für die Sauna gespart habe, leiste ich mir heute mal wieder einen Saunagang.

Ich mache viermal einen Aufguß mit. In den Pausen ärgere ich mich über den doofen Verfassungsschutz. Ich erinnere mich:

"Wir beschatten dich schon dein ganzes Leben lang."
Warum hat dieser unfähige Geheimdienst nicht herausgefunden, dass ich nichts Verbotenes und nichts Schlimmes gemacht habe?

Am Abend fahre ich nach Hause. Neben mir sitzt eine attraktive Frau. Ich stelle mir vor, wie es wohl wäre, wenn ich mit ihr zusammen wäre. Ich wollte niemals alleine durchs Leben gehen müssen. Der blöde Verfassungsschutz hat mir mein ganzes Leben versaut.

Hoffentlich erinnern sich die Deutschen, mit denen ich 2013 zu tun hatte, wenigstens daran, dass ich nichts Verbotenes und nichts Schlimmes gemacht habe. Hoffentlich kommt irgendwann einmal raus, dass der Verfassungsschutz 2012 aus einem gesunden Menschen einen Psychotiker gemacht hat.

18. Dezember 2016

Kurz nach neun klingelt der Wecker. Ich habe heute keine Lust in den Gottesdienst zu gehen.

Ich setze mich an den Computer und schreibe an meinem Buch. Ich komme heute nur sehr zäh voran. Ich hadere mit meinem Schicksal. Ich sitze hier alleine rum und dabei könnte ich Familie haben und Freunde besuchen.

Hoffentlich war 2013 nicht umsonst. Hoffentlich erinnern sich die Deutschen daran, wer ich wirklich war. Hoffentlich macht der Verfassungsschutz nie wieder Jemandem das Leben kaputt, der nichts Verbotenes und nichts Schlimmes getan hat.

Ich lese in meinem Tagebuch von 2013 am 1.6.2013 unter der Überschrift *'Mißbrauch staatlicher Gewalt'* folgenden Eintrag:

‚Es geht in dieser Situation des krassen Mißbrauches von staatlicher Gewalt, meiner Meinung nach, um einen Widerstand, der versucht soweit wie möglich

auf Gewalt zu verzichten. Eine Möglichkeit gegen den Mißbrauch von Gewalt Widerstand zu leisten, könnte darin liegen, dagegen anzuschreiben sowie Mittel der Kommunikation zu nutzen. Das wäre eine Möglichkeit. Hinzukommen könnten gezielte Handlungen mit Symbolcharakter.'

Mittel der Kommunikation waren für mich 2013 hauptsächlich meine Gedankengänge. Es ging mir darum, ein bestehendes Unrecht anzuprangern und immer wieder dazu aufzurufen Widerstand zu leisten gegen Anweisungen, die eindeutig der Verfassung widersprechen.

Es ging mir darum, die Menschen, mit denen ich zu tun hatte, aufzufordern, nicht weiter Teil einer Sache zu sein, die falsch ist.

Wie ich schon erwähnt habe, blieben diese Gedankengänge des Widerstandes nicht ohne Auswirkung, denn im November des Jahres 2013 sollte es heißen:

„Du hast hier wahre Wunder bewirkt."

Ich denke mir, dass der Widerstand des Jahres 2013 vielleicht der Sinn meines ganzen Lebens war.

Ein ganzes Leben für eine kurze Zeit des Widerstandes gegen ein Unrecht.

Aber es gab auch mindestens eine warnende Stimme. Ich erinnere mich an eine Nacht, in der ich eine aufgeregt und besorgt klingende Stimme hörte:

„Du legst dich mit der mächtigsten Organisation an, die es gibt in der Welt. Hast du keine Angst?"

Ich dachte mir damals: **,Angst ist Mut entgegenzusetzen.'**

Außerdem hielt ich den Widerstand in meinen Gedanken und in meinen Schriften sowie in symbolischen Handlungen für absolut legitim. Immerhin sollten doch meine Werte die gleichen Werte sein, die auch Deutsche und Amerikaner für sich beanspruchen.

Gegen drei mache ich mich auf den Weg in die Warschauer Straße, um an meinem Tagebuch weiter zu schreiben. Die Musik ist heute etwas melancholisch. Aber das stört mich nicht. Es passt irgendwie zu meiner Stimmung. Ich schaue aus dem Fenster und sehe die U Bahnen in den U Bahnhof Warschauer Straße einfahren und ich denke mir, dass ich jetzt, wenn ich Glück gehabt hätte, einen Job an der Uni hätte und mir Gedanken über das Sein und das Seiende machen würde.
Ich denke mir wieder einmal, dass es mich wirklich interessieren würde, warum der Verfassungsschutz verhindern musste, dass ich an der Uni Karriere mache. Welche Gefahr wäre denn von mir ausgegangen, wenn ich in die wissenschaftliche Arbeit gegangen wäre? Ich denke mir, dass ich einer krassen Willkür ausgeliefert war. Mit einem Rechtsstaat hat das nichts zu tun. Das gehört in die dunkle Vergangenheit deutscher Diktaturen, in die Zeit des Naziregimes und die Zeit der SED Diktatur.

Weil mein Mitbewohner heute das Internet selbst nutzt, gehe ich ins Internetcafe und spiele ein paar Partien Stratego. Um acht fahre ich heim. Ich schalte den Fernseher an und schlafe ein.

19. Dezember 2016

Wir haben Montag und heute startet das Sonderprogramm zum Jahresende in der BTS. Immer zum Jahresende gibt es ein besonderes Programm, das von den üblichen Gruppenangeboten abweicht. Heute gibt es Kerzenziehen, Basteln, Kochen und Weihnachtsgeschichten. Am Vormittag bin ich in der Kochgruppe. Mit Felix gehe ich zum Einkaufen. Er hat mein Schachbuch gesehen und fragt mich, ob ich gut Schach spielen kann. Ich sage, dass ich kein besonders guter Schachspieler bin, dass ich aber Mitglied in einem Schachverein bin und gelegentlich Sonntags an Mannschaftswettkämpfen teilnehme. Felix erkundet sich, wann wir Spieleabend haben und äußert Interesse, irgendwann einmal eine Partie gegen mich zu spielen.

Wir kaufen Kartoffel und Wiener für die Kartoffelsuppe mit Wurst und Grieß für den Grießbrei.

Wieder in der Tagesstätte schälen wir die Kartoffeln und schneiden sie in kleine Stücke, damit sie sich leichter pürrieren lassen. Anschließend lese ich in meinem Eröffnungsbuch über die Eröffnung, die ich beim letzten Mannschaftskampf gespielt habe und ich ärgere mich, dass so viele der hier vorgestellten Partien mit einem Vorteil für Weiß ausgehen.

Nachdem Mittagessen bin ich in der Gruppe, in der die Weihnachtsgeschichten vorgelesen werden. Wir lesen Geschichten aus Norwegen und England vor. Dazu gibt es heute einen Apfelpunsch.

Um kurz vor drei verlasse ich die Tagesstätte und fahre zum Bahnhof Gesundbrunnen. Hier gibt es eine

Auskunft der Deutschen Bahn und ich frage, ob am 24. Dezember alle Züge normal fahren.

Es fahren alle normal. Gut. Ich gehe in ein Internetcafe und suche die Verbindung zu einem Computerspieleladen in Kreuzberg raus. Es wird schon dunkel, als ich dort ankomme. Wieder gibt es nur sehr wenige PC Spiele. Und wieder ist kein Civilization darunter. Ich rufe bei meinem Vater an, um ihn zu informieren, dass ich in Berlin keinen Laden gefunden habe, der Civilization III verkaufen oder Civilization V kaufen würde. Aber es geht niemand ran.

Ich fahre nach Pankow und gehe in ein Internetcafe. Auf Chess24 schaue ich mir die Lehrvideos zur Italienischen Eröffnung an. Kurz vor acht fahre ich heim. Ich frage mich, ob möglicherweise in 50 oder in 100 Jahren die Zeit dafür reif sein könnte, dass der Verfassungsschutz zugeben kann, was er mir angetan hat. Ich werde das wohl nicht mehr erleben.

Ich lese in meinem Tagebuch am 1.6.2013 den Eintrag:

„Es tut mir leid. Echt."

„Ich habe einen friedlichen Mann zu einem Deppen gemacht."

„Es tut mir leid, dass wir einen gesunden Mann zum Deppen gemacht haben. Echt."

„Der beste Mensch, den ich je gesehen habe, hat einen Idioten als Vater gehabt."

„Du hast nichts Böses getan."

Ich schaue fernseh. In einem Band am unteren Bildschirmrand läuft die Nachricht, dass es einen Anschlag auf einen Berliner Weihnachtsmarkt gegeben habe.

20. Dezember 2016

Heute treffen wir uns schon um neun Uhr in der BTS in Pankow. Ein Kinobesuch steht an. Daher soll das Frühstück heute eine halbe Stunde früher beginnen.

Rene sagt, dass ihn der Anschlag auf den Weihnachtsmarkt so sehr mitnehmen würde, dass er heute nicht auf den Weihnachtsmarkt gehen möchte. Wir verabreden stattdessen nach dem Kinobesuch ins Cafe ‚Wandel‘ zu gehen.

Ich entscheide mich für den Star Wars Film 'Rogue One'. Der Film ist nicht überragend. Aber er ist auch nicht schlecht. Nach dem Film warte ich auf Rene. Wir gehen ins Cafe ‚Wandel‘.

Dort holen wir uns etwas zu essen und nen Kaffee. Ich erzähle Rene von dem Buch, das ich begonnen habe. Ich meine, dass der ganze Rechtsstaatsgedanke in Gefahr ist, wenn der Inlandsgeheimdienst machen kann, was er will.

Rene spricht davon, dass er vor einer Entwicklung Angst hat, die so etwas wie einen Staat im Staat hervorbringt. Ich frage ihn, ob er sich vorstellen kann, dass irgendwann einmal rauskommt, was der Verfassungsschutz in meinem Fall gemacht hat. Er meint, dass er nicht glaubt, dass der Verfassungsschutz so etwas zugeben würde. Er glaubt vielmehr, dass alle Protokolle oder Unterlagen, die zu dem Fall existieren würden, vernichtet werden würden.

Ich habe die Hoffnung, dass es doch irgendwann einmal rauskommt.

Wir reden über gesellschaftliche Entwicklungen, über Max Weber, über soziale Systeme, die alle ihre eigene Wahrnehmung der Wirklichkeit haben. Wir unterhalten uns über Parsons und über Niklas Luhmann. Solche Gespräche sind sehr selten geworden.

Der Verfassungsschutz hat mich krass reduziert.

Wieder in der WG lese ich in meinem Tagebuch. Am 3.6.2013 heißt es:

„Es tut uns leid, dass wir einen Deppen aus dir gemacht haben."

Und am 4.6.2013:

„Tut mir leid."

„Du bist ein Lieber. Du hast eine schreckliche Familie gehabt, die einen Deppen aus dir gemacht hat."

21. Dezember 2016

Heute ist Mittwoch und wir treffen uns in der BTS in Buch.

Nach dem Frühstück helfe ich dabei, Holz zur Feuerstelle zu schaffen. Heute soll draußen überm Feuer gekocht werden. Bis der Linseneintopf soweit ist, lese ich in meinem Schachbuch.

Nach dem Essen gehe ich zu dem Cafe in der Erich-Weinert-Straße, in dem ich üblicherweise Freitags arbeite. Hier soll heute ein Treffen stattfinden von Leuten, die gerne singen.

In der BTS in Buch gab es 2013 einmal eine Musikgruppe. Die hat mir sehr viel Spaß gemacht. Nun hoffe ich, dass ich vielleicht etwas Ähnliches finde. Wir sind zu viert und wir singen ein Weihnachtslied. Mir ist das Ganze aber irgendwie fast schon ein wenig zu professionell.

Ich gehe ins Internetcafe und spiele ein paar Partien Stratego. Dann fahre ich mit der S Bahn bis zur Haltestelle Friedrichstraße. Ich bin eine halbe Stunde vor Beginn der Show im Friedrichstadt - Palast.

Ich treffe Ulrike, eine Nutzerin der KBS. Sie erzählt immer sehr viel. Sie erzählt von ihrer Fernbeziehung, die so toll klappt. Sie erzählt von ihren Kindern und von ihren Enkelkindern.

Wir haben einen guten Platz, von dem wir die Bühne gut im Blick haben.

Die Show ist sehr beeindruckend. Mir gefallen die Kostüme und mir gefällt, wie sich die Darsteller zur Musik bewegen. Die Sängerin singt davon, dass es darum geht, jeden Moment des Lebens auszukosten. Ich denke mir, dass mir alles, was sich zu leben lohnte, kaputt gemacht worden ist. Erst vom deutschen Verfassungsschutz. Dann von den Amerikanern.

Wieder einmal denke ich mir, dass der Verfassungsschutz ein gutes Leben kaputt gemacht hat. Ein gutes Leben wurde kaputt gemacht. Ein gutes Leben. Ein ganzes Leben voller guter Ideen im Eimer.

Ein ganzes Leben.

Ich erinnere mich: *„Aus dir wurde das größte Justizopfer der Menschheit."*

Ich frage mich, was das Handeln des Verfassungsschutzes mit Justiz zu tun hatte. Ich frage mich, ob so ein Handeln eines Geheimdienstes nicht den ganzen Rechtsstaat in Frage stellt.

22. Dezember 2016

Heute treffen wir uns wieder in Pankow. Nach dem Essen lege ich mich hin. Ich bin unruhig. Ich erinnere mich:

„Du hast nichts Verbotenes gemacht und nichts Schlimmes."

„Du hättest Professor werden können."

„Du hättest Familie haben können."

„Was für Möglichkeiten du hattest!"

Zum Mittagessen gibt es heute Salat. Nach dem Mittagessen gehe ich zu der Gruppe, die einen Spaziergang durch den Park macht. Zurück in der Siegfriedstraße spiele ich gegen einen anderen Nutzer eine Partie Schach. Dann gibt es Zimtschnecken.

Um halb vier habe ich einen Termin bei meiner Hausärztin. Es geht um meinen Puls. Der war, während meiner vergangenen Besuche bei meinen Eltern, immer über 100. Nun möchte ich wissen, ob das so normal ist oder ob man da was machen muss. Meine Hausärztin misst mir den Puls. Er ist bei 88. Sie macht ein EKG. Nichts Besorgniserregendes. Ich soll morgen früh nochmal zur Blutkontrolle kommen. Ich fahre heim.

Ich lese in meinem Tagebuch am 4.6.2013 den Eintrag:

„Du bist belogen worden."

„Du bist die ganze Zeit belogen worden."

Ich erinnere mich:

„Du bist dein Leben lang belogen und verarscht worden. Deshalb sagen wir dir die Wahrheit."

27. Dezember 2016

Wir haben Dienstag und ich bin seit dem 24.12. bei meinen Eltern. Wir haben Spiele gemacht und gut gegessen und fernseh geschaut. Heute spielen wir wieder unser ‚Straßenspiel'.

Zum Mittagessen gibt es heute Schweinelende mit Spätzle und Kartoffelsalat. Das ist sehr lecker.

Mein Vater meint, dass wir im kommenden Jahr doch nicht nach Portugal gehen können, da zuerst die leerstehenden Wohnungen renoviert werden müssen. Schade. Ich habe mich schon sehr auf einen Portugalurlaub gefreut.

Nach dem Mittagessen spiele ich eine Partie Schach gegen meinen Vater, die ich gewinnen kann. Dann spielen wir unser Spiel weiter. Und schließlich spielen wir noch Skat.

Am Abend fahren mich meine Eltern zum Bahnhof.

Auf der Fahrt ärgere ich mich mal wieder über den doofen Verfassungsschutz. Ich denke wieder einmal, dass der Verfassungsschutz ein gutes Leben kaputt gemacht hat. Vor mir sitzen zwei Päärchen. Dass ich keine Beziehung haben darf und keine Familie gründen kann, finde ich am ärgsten. Diese Päärchen haben keine Ahnung davon, dass so etwas Selbstverständliches, wie das Recht eine Beziehung zu führen und eine Familie zu gründen, vom deutschen Inlandsgeheimdienst verwehrt werden kann.

Am 5.6.2013 kam die zweite Gruppe Deutscher ins Spiel, die an meinem Leben Anteil nehmen sollte:

„Tut mir leid."

„Tut mir wirklich leid für dich."

„Unsere Aufgabe ist eigentlich die Terrorismusbekämpfung."

Ich erinnere mich:

„Wir sind Elitesoldaten der Bundeswehr."

„Was in deinem Fall einem ahnungslosen und wehrlosen Mann angetan wurde, habe ich noch nie erlebt."

Ab dem Zeitpunkt, an dem sich einige Stimmen als Elitesoldaten der Bundeswehr geoutet haben, habe ich auch explicit zur Befehlsverweigerung aufgerufen, für den Fall, dass ein Befehl der Verfassung widersprechen sollte.

Außerdem habe ich ein Bild von Stauffenberg aufgehängt. Ein Offizier, der während der Zeit des Naziregimes nach seinem Gewissen handelte und nicht länger Teil einer Sache sein wollte, die er für falsch befand.

28. Dezember 2016

Geträumt. Heute habe ich davon geträumt, dass ich eine Ausbildung zum Waldorflehrer machen würde.

Um neun bin ich bei meiner Hausärztin. Mein Puls soll über 24 Stunden beobachtet werden. Ich bekomme ein Gerät umgehängt, das ständig den Blutdruck und den Puls misst. Da ich für das Frühstück zu spät bin, frühstücke ich beim Bäcker in der Schönhauser Allee.

Mir fallen die Bettler auf, die hier bei jedem Wetter herumsitzen und auf ein paar Cent hoffen. Was ist das für ein Leben einfach nur herumzusitzen und um ein paar Cent zu betteln? Was haben diese Menschen noch, wofür es sich für sie zu leben lohnt?

Ich fahre zum Mittagessen in die BTS in Buch. Hier läuft eine Doku über den brasilianischen Regenwald.

Am Nachmittag fahre ich zum Zahnarzt. Gestern ist mir eine Plombe rausgefallen. Die Zahnarztpraxis hat bis zum 2.1. geschlossen. Ich beschließe zu warten und gehe ins Internetcafe. Ich spiele ein paar Partien Stratego. Am späten Abend gehe ich heim.

Am 6.6.2013 heißt es:

„Du hast gar nichts Schlimmes gemacht."

„Für uns bist du ein Held."

„Wir konnten uns nicht vorstellen, dass es so was Gutes wie dich gibt."

Ich erinnere mich:

„Wir dachten du verarscht uns."

Ich lese weiter:

„Du bist normal."

„Du bist ein aktiver Kerl."

„Du bist ein ganz normaler Mann."

„Du bist harmlos."

„Du sollst dein Leben lang verarscht werden."

„Es tut uns schrecklich leid."

„Du bist der harmloseste Mensch, den ich je in meinem Leben getroffen habe."

„Wir lieben dich alle hier."

„Dein Vater hat einen behinderten Idioten aus dir gemacht."

29. Dezember 2016

Heute treffen wir uns in Pankow. Felix gibt mir das Buch, das er für einen Cent bestellt hat. Er schenkt mir die Versandkosten. Nach dem Frühstück fahren wir zum Botanischen Garten. Ich erzähle Felix von dem Buch, das ich begonnen habe.

Felix zeigt sich interessiert. Er meint, dass er mir bei der Suche nach einem Verlag und bei der Veröffentlichung behilflich sein könnte. Das hört sich gut an.

Wir schauen uns die Gewächshäuser im Botanischen Garten an. Irgendwie hätte ich es hier wärmer erwartet. Auf dem Rückweg gehen wir noch in eine Bäckerei und bekommen einen Kaffee ausgegeben. Rene ist heute nicht dabei. Er fehlt.

Auf dem S-Bahnhof Botanischer Garten sehe ich eine Werbung für Orffs Carmina Burana am 7.1. im Konzerthaus. Ich rufe bei der Hotline an und frage, wieviel eine Eintrittskarte kosten würde. Sie kostet 15 Euro. Das kann ich mir leisten. Ich lasse eine Karte für mich an der Abendkasse hinterlegen.

Gleich nach dem Ausflug gehe ich zu meiner Hausärztin. Dort werden die Messdaten der letzten 24 Stunden ausgewertet. Ich habe während des Tages einen erhöhten Puls und einen erhöhten Blutdruck. Meine Ärztin verschreibt mir ein Medikament, das Blutdruck und Puls senken soll.

Wir haben kurz nach vier und es wird schon dunkel. Ich gehe in einen Elektronikfachhandel und lasse mich beraten wegen eines neuen Empfangsgerätes für meinen Fernseher. Im kommenden Jahr brauche ich ein Gerät das DVB T2 HD empfangen kann.

Gegen fünf bin ich wieder in meiner WG. Am 7.6.2013 lese ich:

„Wir können dir nicht mehr helfen."

„Dein Vater hat dir dein ganzes Leben ruiniert."

„Du hättest ein ganz normales Leben haben können."

„Aus dir ist das größte Opfer der Menschheit geworden."

„Du hättest Prof oder Lehrer werden können. Du hättest ne Freundin haben können. Du hättest Familie haben können."

„Aus Versehen haben wir dich zu einem Streber ge-
macht."
„Du bist ein harmloser und lieber Mensch."

30. Dezember 2016

Geträumt. Heute habe ich davon geträumt, dass ich
ein Parlamentarier wäre. Ich wache auf und ich bin
nur ein krasses Geheimdienstopfer. Die Realität ist
ein Albtraum. Mir wurde alles kaputt gemacht, was
ich angestrebt habe.

Hoffentlich erinnern sich die Deutschen, mit denen
ich 2013 zu tun hatte, daran, dass ich 2013 ein
Tangotänzer sein wollte und, dass ich eine normale
Beziehung angestrebt habe.

Heute treffen wir uns in Buch. Wir machen einen
Brunch. Ich schneide den Käse in kleine Stückchen.
Die Käsewürfel werden dann zusammen mit Trauben
aufgespießt. Der Brunch ist mal wieder sehr lecker.

Nach dem Brunch sehen wir uns einen Animations-
film an. Rio. Es geht um einen Papagei, der in Rio eine
Menge Abenteuer erlebt und seine große Liebe findet. Ein netter Film.

Wieder zurück in Pankow treffe ich Herrn Böhme. Wir
füllen noch einmal die Erklärung zu meinen wirtschaftlichen Verhältnissen aus. Das Sozialgericht hat
bei meinem Rechtsanwalt angefragt, wovon ich lebe.
Dabei habe ich das schon einmal dargelegt. Aber gut
fülle ich den Fragebogen eben ein zweites Mal aus
und lege noch eine Kopie meines aktuellen ALG II Be-
scheides dazu. Ich rufe bei meinem Rechtsanwalt an,
weil ich ihn fragen möchte, ob das ausreicht oder, ob

er noch weitere Unterlagen benötigt. Herr Meinert ist erst wieder am 2. Januar zu erreichen.

In der WG gehe ich wieder an den Computer in unserem Wohnzimmer und schreibe an meinem Buch weiter.

Am 8.6.2013 finde ich den Eintrag:

„Du hattest einen Vater, der psychisch nicht ganz dicht war und du hast es mit grausamen Menschen zu tun gehabt."

„Du hättest deine Freundin heiraten können."

Ich erinnere mich:

„Du hättest Familie haben können."

Ich lese weiter:

„Dein Vater hat uns Mist erzählt."

„Wir wissen, dass du nen Deppen als Vater hattest und, dass du ein Held warst."

„Wir lieben dich alle hier."

Ich denke mir, dass ich auf Heldentum verzichten kann. Es reicht mir völlig, wenn die Deutschen, mit denen ich zu tun hatte, mich in Erinnerung behalten als Jemanden, der nichts Verbotenes und nichts Schlimmes gemacht hat.

Ich spiele noch ein paar Partien Stratego. Kurz nach sieben fahre ich zum Clubabend meines Schachvereins. Doch heute ist geschlossen. Also fahre ich wieder zurück zur WG. Dort spiele ich noch sehr lange Schach im Internet.

31. Dezember 2016

Ich stehe spät auf. Um die Mittagszeit gehe ich in die Stadt. Ich denke mir wieder einmal, dass der Verfassungsschutz ein gutes Leben kaputt gemacht hat. Ein ganzes Leben zerstört! Und es gibt nicht einmal eine Wiedergutmachung. Das finde ich schon ziemlich frustrierend.

Weil die Kaufhäuser ihre Preise runtergesetzt haben, gehe ich heute einkaufen. Ich habe in den vergangenen sechs Monaten ca. 200 Euro für neue Kleidung und einen neuen Rucksack angespart. Ich gehe zu H&M. Zuerst schaue ich nach einer billigen Hose. Aber die Hosen passen nicht. Dann finde ich eine Wolljacke, die mir gut gefällt und die von 70 Euro auf 20 Euro runtergesetzt worden ist. Ich finde, dass ich da nicht so viel falsch machen kann und kaufe die Jacke. Dann gehe ich zum Bäcker frühstücken.

Nach dem Essen gehe ich ins Internetcafe und spiele Schach.

Um halb sechs verlasse ich das Internetcafe und fahre in die WG zurück. Um sechs Uhr fahre ich los, um gegen sieben am Brandenburger Tor zu sein. Von der S Bahnstation Friedrichstraße laufe ich zum Brandenburger Tor. Ich muss aber einen Umweg laufen, weil nur noch am Einlaß Siegessäule Leute reingelassen werden. Nachdem ich etwa eine Stunde gelaufen bin und vier Durchgangskontrollen passiert habe, stehe ich nun doch noch am Brandenburger Tor. Ich habe sogar einen guten Blick auf die Bühne. Ich denke mir, dass ich normalerweise Sylvester mit meiner Freundin oder meiner Frau und meiner Familie verbringen würde. Blöde Verfassungsschützer und bescheuerte Amerikaner haben aus mir einen impotenten Psychotiker gemacht. So was Doofes. Und es gibt kein Gericht und kein internationales Gremium vor dem sich die Geheimdienstler verantworten müssen. Wenn es doch in Deutschland wenigstens eine effiziente Kontrolle der Geheimdienstaktivitäten durch das Parlament geben würde. Es kann nicht sein, dass der Verfassungsschutz einfach machen darf, was er will. Schon gar nicht, wenn es um die Grund- und Freiheitsrechte geht.

Um Mitternacht gibt es ein schönes Feuerwerk und dazu eine wirklich schöne Musik.

Gleich nach dem Feuerwerk mache ich mich auf den Rückweg. Die Rückfahrt klappt sehr gut. Etwa eine dreiviertel Stunde nach Ende des Feuerwerks bin ich wieder in meiner WG.

1. Januar 2017

Gegen 9 Uhr stehe ich auf, um den Gottesdienst im Berliner Dom zu besuchen.

Am Dom angekommen muss ich allerdings feststellen, dass es heute um zehn Uhr gar keinen Gottesdienst gibt. Ich denke mir wieder einmal, dass der doofe Verfassungsschutz aus einem Streber einen arbeitslosen Psychotiker gemacht hat und, dass das ein ziemlich mieses Schicksal ist.

Ich fahre zur Bäckerei in der Schönhauser Allee. Doch diese hat heute auch zu. Also gehe ich heute in ein anderes Cafe. Ich esse eine Brezel und ein Stück Marmorkuchen und trinke einen Kaffee dazu. Anschließend gehe ich ins Internetcafe und spiele Schach. Nach etwa fünf Stunden verlasse ich das Internetcafe und fahre zurück in meine WG. Dort schreibe ich an meinem Buch weiter.

Am 9.6. 2013 finde ich:

„Dein Vater hat dich zum Idioten gemacht, obwohl du ein gesunder, aktiver und herzensguter Mensch bist."

„Dabei hättest du Prof werden können und Familie haben können."

„Du hattest mit Menschen zu tun, die grausam und gemein waren."

„Du hast viel Pech gehabt."

„Tut uns wirklich leid."

Ich habe das in meinem Tagebuch am 9.6.2013 kommentiert:

‚Warum können einem als Akademiker in Deutschland die Grund- und Persönlichkeitsrechte entzogen werden – ohne dass man das mitbekommt?'

Ich denke mir, dass ich es bis 2013 mein Leben lang für unmöglich gehalten hätte, dass einem in Deutschland von einem Staatsdienst in so krasser Weise die Grundrechte verletzt werden können. Seit 2013 weiß ich, dass es möglich ist. Und dieser superkrasse Rechtsbruch wird aufrechterhalten. Und es gibt Niemanden, der meine Rechte vertritt. Und der krasseste Geheimdienstskandal in der Geschichte der Bundesrepublik Deutschland wird einfach unter den Teppich gekehrt.

Von meinem letzten Aufenthalt bei meinen Eltern habe ich Civilization III mitgebracht. Ich hatte das Spiel meinem Vater ausgeliehen. Aber jetzt, nachdem ich von Civilization V so enttäuscht bin, möchte ich es doch wieder zurückhaben. Ich kann mich erinnern, dass es mir sehr viel Spaß gemacht hat, das Spiel im Internet gegen menschliche Gegner zu spielen.

Ich installiere das Spiel und GameSpy von Arcade für die Multiplayerfunktion auf dem Computer in unserem Wohnzimmer. Allerdings funktioniert GameSpy nicht. Ich bin sehr enttäuscht. Ich habe mich schon sehr darauf gefreut, Civilization III im Multiplayermodus zu spielen.

2. Januar 2017

Wir haben Montag und noch gilt ein Sonderprogramm in der BTS.

Heute treffen wir uns in Buch zu einem 'verrückten Monthy Python- Tag'. Nach dem Frühstück gucken wir 'Die Ritter der Kokosnuss' und nach dem Mittagessen 'Das Leben des Brian'.

Wieder in der WG rufe ich meinen Anwalt an und frage ihn, welche Unterlagen er braucht. Er meint, dass die Erklärung zu den wirtschaftlichen Verhältnissen und der ALG II Bescheid erst einmal ausreichen würden und ich solle ihm die Unterlagen faxen. Ich gehe ins Via - Büro und lasse den Fragebogen mit dem Bescheid an meinen Anwalt faxen. Dann spiele ich Schach im Internet und ich google nach 'Multiplayermodus für Civilization III'. Tatsächlich findet sich im Netz, dass GameSpy nicht mehr die Multiplayerfunktion für Civilization anbietet und, dass der Multiplayermodus jetzt über Steam laufen würde. Wenn man an einem update für die Multiplayerfunktion interessiert sei, müsse man ein 'support request' an 2k schicken. Das mache ich natürlich sofort. Ich habe wieder Hoffnung, dass ich Civilization III bald auch im Multiplayermodus spielen kann. Statt fernseh zu gucken, spiele ich am Abend noch ein paar Partien Stratego im Internet.

3. Januar 2017

Kurz nach 8 klingelt mein Handywecker. Ich schlaf noch einmal ein und gehe erst kurz vor 9 aus dem Haus. Heute ist der letzte Tag des Sonderprogramms. Wir treffen uns wieder in Buch. Obwohl ich etwas verspätet bin, schaffe ich es noch rechtzeitig zum Frühstück.

Nach dem Frühstück helfe ich beim Schälen der Karotten und beim Zwiebelschneiden.

Anschließend lese ich 'Nachtzug nach Lissabon'.

Zum Mittagessen gibt es eine Broccolicremesuppe und zum Nachtisch gibt es Milchreis.

Nach dem Essen spielen wir 'Wer bin ich?'. Dabei klebt jeder seinem Nachbarn einen Zettel mit dem Namen einer fiktiven oder realen Person auf die Stirn. Anschließend muss man dann erraten, wer man ist. Das ist recht lustig.

Auf der Heimfahrt denke ich: 'Nur noch wenige Tage bis zum nächsten Mannschaftswettkampf in Steglitz.' Ich rufe bei meinem Zahnarzt an und erfahre, dass die Praxis in Pankow noch zwei Wochen geschlossen hat. Aber ich kann morgen früh einen Termin in der Praxis in Buchholz bekommen. Mein Zahnarzt hat dort eine zweite Niederlassung. Ich sage zu.

Im Via - Büro treffe ich Herrn Böhme. Dieser druckt mir einen Fahrplan aus, dem ich entnehmen kann, wie ich morgen früh um 9 nach Buchholz gelange. Außerdem macht er mir Mut, dass ich sicher bald die Rehaleistungen von der Rentenversicherung bekommen würde. Schließlich würde ja mein Anwalt die Sache auch positiv beurteilen und das würde er sicher nicht machen, wenn er Zweifel hätte. Ich denke mir, dass ich bei dem Glück, das ich in meinem Leben habe, auf nichts mehr so einfach vertraue. Ich spiele Schach im Internet.

In meinen Aufzeichnungen finde ich am 11.6.2013 den Eintrag:

„Du wurdest dein Leben lang belogen."

„Du könntest Professor sein und Familie haben."

„Du bist belogen worden."

4. Januar 2017

Kurz nach 8 fahre ich mit dem Bus zur Haltestelle Pankow Kirche. Von dort fahre ich mit der Tram nach Buchholz. Eine junge Zahnärztin setzt mir die Krone wieder ein. Ich muss elf Euro Eigenbeteiligung zahlen. Das habe ich gerade noch dabei. Da die Behandlung relativ schnell ging, erreiche ich noch rechtzeitig das erste Gruppenangebot in der Siegfriedstraße. Die Gesprächsgruppe von Dr. Vogel und Mathilde Kissinger beginnt zehn Minuten nach meiner Ankunft in der Tagesstätte. Wir erzählen alle wie wir Weihnachten und Sylvester verbracht haben. Ich berichte, dass ich im Schachspiel etwas gefunden habe, wo ich meinen Ehrgeiz ausleben kann und irgendwie erinnert mich das ständige Suchen nach der Verbesserung der Varianten auch etwas an die wissenschaftliche Arbeit. Ich erinnere mich an 'Nachtzug nach Lissabon', wo Mercier seinen Protagonisten 'Mundus' folgenden Gedanken formulieren läßt:

'Worauf es ankam, war etwas ganz Einfaches: die alten Texte bis in jede Einzelheit, in jedes grammatische und stilistische Detail hinein zu kennen und zu wissen, was die Geschichte eines jeden Ausdrucks gewesen war. Mit anderen Worten: gut zu sein.'

Nach dem Mittagessen fällt die Gartengruppe aus. Ich fahre in die WG und spiele Stratego im Internet. Dann fahre ich in die KBS. Der Rommetisch ist voll. Ich hole mir nen Kaffee für 30 Cent und setze mich an den Computer, um im Internet ein paar Partien Schach zu spielen. Es ist schon kurz vor sechs als mich Ulrike anspricht, ob ich ihr bei der Abfassung einer Geburtstags- SMS an ihren Liebsten helfen kann. Das kann ich. Ich tippe also die gewünschte Kurznachricht für ihren Schatzi in ihr Smartphone und sende sie ab. Ulrike erzählt mir dabei, wie toll sie sich mit ihrem Schatz versteht und, dass sie jetzt schon zehn Jahre zusammen sind und, dass sie immer noch ganz verliebt rumknutschen.

Ich denke mir, dass ich auch gerne mal wieder knutschen möchte und, dass mir das Glück einer längeren Beziehung in meinem Leben verwehrt blieb. Die doofen Geheimdienste haben mir meine beiden wichtigsten Ziele kaputt gemacht: die wissenschaftliche Arbeit und eine echte Beziehung.

Ohne eine erfüllende Arbeit und ohne eine Beziehung, denke ich mir machmal, ist das Leben nicht viel mehr als ein Gefängnis mit Internet und Einkaufsläden.

Ich wollte in meinem Leben Parlamentarier werden, ich wollte in die wissenschaftliche Arbeit gehen, ich wollte Lehrer werden und zuletzt wollte ich ein guter Tangotänzer sein.

Ich erinnere mich an 2013:

„Du hättest Politiker werden können. Du hättest Professor werden können. Du hättest Tangolehrer werden können."

„Was für Möglichkeiten du hattest!"

„Es tut uns leid, was wir gemacht haben."

Ich gehe noch eine Stunde ins Internetcafe und spiele Stratego. Dann gehe ich heim in die WG und schreibe an meinem Buch weiter. Ich lese am 12.6. 2013 den bisher längsten Mitschrieb:

„Für uns bist du ein Held geworden."

„Das ist der größte Justizskandal der Bundesrepublik."

„Ich liebe dich."

„Ich liebe dich wirklich."

„Ich liebe diesen Mann!"

„Tut mir leid, was wir aus dir gemacht haben, Alex."

„Du warst der Einzige, der immer versucht hat, ehrlich zu sein."

„Ich liebe diesen Mann!"

„Du hast mit grausamen und schrecklichen Menschen zu tun gehabt."

„Du bist völlig unschuldig in eine finstere Verstrickung der Umstände geraten."

„Es war kein Zufall, dass du in deinem Leben so viel Pech hattest."

„Das war kein Zufall, wenn deine Frauen plötzlich Schluß gemacht haben."

„Wir beschatten dich schon dein Leben lang."

„Du kamst in ein Umerziehungsprogramm für psychisch Gestörte."

„Dabei hast du Amerikas modernste und geheimste Spionagetechnologie enttarnt."

„Was nicht für möglich gehalten worden ist, schafft ein harmloser arbeitsloser Spinner aus Berlin."

„Tut mir echt leid."

„Wir haben – aus Versehen - einen Helden aus dir gemacht."

„Du hast mächtige Geheimdienste blamiert."

„Jetzt ist klar geworden, dass du eigentlich ein Streber werden wolltest, lieb bist und ein verantwortungsbewußter Mensch warst."

„Wir haben aus einem gesunden Menschen einen Behinderten gemacht."

„Du bist ein Geheimnisträger."

„Du bist der peinlichste Behinderte der Welt."

„Du sollst dein Leben lang ein Geheimnisträger bleiben."

„Deine Eltern haben dich falsch dargestellt."

„Tut uns leid, was wir gemacht haben."

„Tut uns leid, dass du nie eine längere Beziehung aufbauen konntest."

„Dein Vater war ein Mistkerl."

„Dein Vater hat dir dein ganzes Leben versaut."

Weil die Stimmen mir an diesem Tag so viel mitteilten, mache ich hier fürs erste Schluß und berichte morgen vom zweiten Teil. Ich frage mich, wie um alles in der Welt es möglich ist, Jemanden der einen Hochschulabschluß gemacht hat und fast fünf Jahre als Lehrer gearbeitet hat – ohne dass er etwas davon mitbekommt – zu einem psychisch Gestörten zu erklären.

Diese Geschichte ist wirklich die krasseste Geheimdienstgeschichte, die ich kenne. Und ich weiß ganz
genau, dass diese Geschichte eine wahre Geschichte
ist! Nie im Leben habe ich mir diese Stimmen eingebildet. Dieses 'Wissen' hat für mich absoluten Evi-
denzcharakter. Ich schlage auf Wikipedia 'Evidenz'
nach und finde dort eine sehr gute Definition:
'Unmittelbare, mit besonderem Wahrheitsanspruch
(unbezweifelbare) auftretende Einsicht'.
Dass die Stimmen echt waren, war für mich eine unmittelbare und mit besonderen Wahrheitsanspruch
auftretende Einsicht!
Ich spiele einige Partien Stratego und warte immer
noch vergebens auf eine Siegserie.

5. Januar 2017
Es hat geschneit. Draußen liegt eine dünne Schnee-
schicht. Es ist kalt.
Ich fahre in die BTS in Pankow. Heute ist Ausflugsgruppe. Felix hat eine Ausstellung im Georg Kolbe
Museum in Charlottenburg für uns herausgesucht.
Nach dem Frühstück spiele ich noch eine Partie
Schach mit einem anderen Nutzer. Dann geht es los.
Wir müssen zweimal umsteigen.
Im Museum hält uns eine gutaussehende und sympathische Frau davon ab, sofort die erste Installation zu
betreten. Es müsse noch eine Videokamera aufgebaut werden. Sie fragt, ob es uns etwas ausmachen
würde, wenn wir gefilmt werden. Es macht Niemandem etwas aus.

Es sind nicht besonders viele Installationen. Die Werke wirken eher verstörend. Mir kommt es vor, als ob sie vom Ende der Welt handeln würden.

Wir gehen noch in das Cafe nebenan. Wir bekommen einen Kaffee ausgegeben. Wer mehr möchte muss selbst bezahlen. Ich würde gerne ein Stück Kuchen dazu nehmen. Aber drei Euro ist mir zu teuer. Moritz erzählt davon, dass ihn seine Freundin verlassen habe, als sie schwanger war und, dass er wahrscheinlich der Vater einer Tochter sei. Sicherheit darüber habe er aber nicht.

Wir machen uns auf dem Heimweg. Ich steige am Alexanderplatz aus. Es ist zwei Uhr. Da bekomme ich noch ein Mittagessen im 'Wandel'. Nach dem Essen gehe ich ins Second Hand Kaufhaus, um mich nach einer günstigen Winterjacke umzusehen. Meine Jacke zeigt schon deutliche Abnutzungserscheinungen. Ich hoffe bald wieder Nachhilfeunterricht geben zu können. Das ist eine sinnvolle Beschäftigung und ich kann mir etwas dazuverdienen. Daher möchte ich einigermaßen ordentlich gekleidet sein. Ich finde eine beigefarbene Winterjacke für 24 Euro. Außerdem probiere ich eine Lederjacke an. Das Leder fühlt sich gut an. Leider sind die Ärmel zu kurz. Die Preise für Hemden sind stark reduziert. Ich leiste mir zwei schöne Hemden. Eines für drei Euro und eines für sechs Euro.

Nach dem Einkauf gehe ich zur DAK. Die hat heute bis 17 Uhr auf. Ich lege meinen ALGII Bescheid vor und einige Rechnungen von 2016. Die Rechnungsbeträge werden von dem Höchstbetrag, den ich selbst dazu zahlen muss, abgezogen.

In einem Cafe nebenan gibt es Kaffee und Kuchen. Ich würde gerne ein Stückchen Kuchen essen. Aber drei Euro pro Kuchenstück ist mir zu teuer. Ich kaufe mir eine Brezel mit Butter für einen Euro.

Wieder in der WG spiele ich ein paar Partien Stratego. Ich habe Lust auf ein Bier. Ich packe meine leeren Plastikflaschen ein und gehe zu Lidl. Dort gebe ich die Flaschen ab und kaufe mir eine Dose Bier, eine Pepsi Light Lemon, Duplo und Butterkekse.

Zu Hause setze ich mich wieder an mein Buch. Ich schlage in meinem Tagebuch den 12.6.2013 auf:

„Deine Freundinnen haben Angst vor dir bekommen."

„Dabei warst du der netteste und liebste Mensch."

„Du hättest eine Beziehung haben können. Du hättest Professor werden können."

„Du wurdest die ganze Zeit belogen."

„Es tut uns sehr leid, was wir gemacht haben."

„Alle haben sich Sorgen gemacht. Dabei warst du der normalste und liebste Typ der Welt."

„Du bist ein wunderbarer Mensch."

„Für mich bist du ein Held. Du bist für mich der größte Held, den ich in meinem Leben gesehen habe."

„Das Leben ist unfair."

„Du hättest mit deiner großen Liebe Kinder haben können."

„Du hast viel Pech gehabt."

6. Januar 2017

Der Handywecker klingelt . Ich habe geträumt, dass ich mit meinem segelbegeisterten Mitbewohner, aus der Anfangszeit meines Studiums in Heidelberg, gemeinsam segeln gehen würde. Wiedermal nur geträumt. Ich stehe auf und dusche. Früher habe ich regelmäßig warm und anschließend kalt geduscht. Heute dusche ich nur noch ab und zu und ich dusche meistens nur noch warm. Außer wenn ich in die Sauna gehe. Dort dusche ich natürlich kalt.

Auf der Fahrt zu meinem Zuverdienst in der Erich Weinert Straße merke ich, dass ich eine halbe Stunde zu früh aufgestanden bin. Ich gehe also noch für eine halbe Stunde ins Internetcafe und schaue mir ein Schachvideo auf chess24 an.

Im Cafe gibt es nicht viel zu tun. Ich trinke Kaffee und lese Zeitung.

Zum Mittagessen gehe ich - wie immer Freitags – ins 'Wandel'. Nach dem Essen fahre ich wieder nach Pankow. Ich treffe Herrn Böhme. Dieser gibt mir den neuen Putzplan mit. Zu besprechen gibt es nicht viel. Wieder in der WG spiele ich Stratego. Ich warte immer noch vergeblich auf eine Siegserie. Ich vertilge die Butterkekse und trinke dazu die Pepsi.

Am 13.6.2013 finde ich den Eintrag:

„Dein Vater hat dir dein ganzes Leben versaut.“

„Deine Freundinnen haben Angst vor dir bekommen.“

„Daran ist dein Vater schuld.“

„Der hat uns Mist erzählt.“

„Du hättest Professor werden können.“

„Du hättest eine längere Beziehung haben können.“

„Du hättest eine Familie haben können.“

„Das hätte ich nie gedacht, dass aus dir einmal ein mutiger Held wird.“

„Du wirst mein Leben lang mein Superheld sein.“

Um 19 Uhr fahre ich zum Spielabend meines Schachvereins. Dort treffe ich meinen Mannschaftskollegen

Gerhard Wiener. Er fährt am Sonntag mit dem Auto von Pankow aus nach Steglitz. Wir machen aus, dass er mich um viertel nach acht am S und U Bahnhof Pankow abholt.

7. Januar 2017

Ich wache auf und muss daran denken, wieviel mir kaputt gemacht worden ist. Das tut mir gar nicht gut. Besser ich lenke mich ab. Ich setze mich also ins Wohnzimmer und spiele Stratego im Internet. Ich denke mir, dass ich auf keinen Fall alleine durchs Leben gehen wollte. So ein Mist!

Es ist schon fast drei, als ich mich aufmache, um in der Schönhauser Allee zu frühstücken.

Dann gehe ich zu H&M, wo ich eine passende schwarze Jeans für 20 Euro finde. Fehlt noch ein weißes Hemd. Ich finde, dass eine schwarze Jeans mit einem weißen Hemd elegant aussieht. Und ich möchte in diesem Jahr gerne wieder einen Tangokurs machen. Da will ich gut aussehen.

Wieder in der WG gucke ich auf chess24 ein Lehrvideo zur Italienischen Eröffnung.

Um 18 Uhr fahre ich zum Gendarmenmarkt. Um 19 Uhr, habe ich mir aufgeschrieben, beginnt das Konzert. Am Konzerthaus angekommen erfahre ich, dass das Konzert erst um 20 Uhr beginnt. Dass aber schon ab 19 Uhr Einlaß ist. Da habe ich ja noch eine ganze Stunde Zeit bis zum Konzertbeginn. Ich denke mir, dass ich noch ein wenig spazieren gehen werde und nach einem Schnellrestaurant Ausschau halte, wo ich etwas zu essen bekomme. Tatsächlich finde ich ein

Bistro, wo es für vier Euro fünfzig eine Pizza Margherita gibt. Ich gehe rein und überlege mir, ob ich noch ein Glas Wein bestellen soll. Ich entscheide mich dagegen. Die Pizza kommt prompt.

Überrascht bin ich, als ich die Rechnung bekomme. Neun Euro! So ein Mist! Die haben mich reingelegt! Ich sage dem Kellner, dass draußen stand, dass diese Pizza vier Euro fünfzig kosten würde und er meint, dass die Preise draußen nur für die Mittagszeit gelten würden, nicht aber für den Abend. Davon habe ich nichts gelesen. Aber ich habe jetzt auch keine Lust, mich großartig mit dem Kellner zu streiten. Ich zahle und gehe ins Konzerthaus. Es schneit.

An der Abendkasse bekomme ich meine Eintrittskarte. Ich habe einen Sitz im Chorbalkon. Es ist jetzt halbacht und die Türen zum Konzertsaal werden geöffnet. Ich erinnere mich an meine Heidelberger Zeit, als mein Freund Florian im Uniorchester spielte. Ich habe damals versucht, kein Konzert zu verpassen.

Da ich hinter dem Orchester sitze, kann ich dem Dirigenten beim Dirigieren zusehen. Um mich herum sitzen junge Paare. Normalerweise würde ich hier auch mit meiner Liebsten sitzen. Blöder Verfassungsschutz. Blöder.

Als erstes wird Beethovens IX. Symphonie gespielt. Dann - nach einer fünfundzwanzig minütigen Pause – ist Orffs Carmina Burana dran. Ein gewaltiges Werk. Ich bin begeistert. Eine Aufführung von Carmina Burana würde ich mir jederzeit wieder ansehen. Gegen elf fahre ich mit der U2 nach Pankow. Gerhard Wiener hat mir eine SMS geschrieben, dass er mor-

gen schon um acht am S und U Bahnhof Pankow losfahren will.

8. Januar 2017

Um kurz vor acht bin ich am S und U Bahnhof Pankow. Gerhard kommt um die Ecke. Wir sind eine halbe Stunde vor Spielbeginn in Steglitz. Heute sind wir
beim Tabellenführer. Wir haben unsere Mannschaft
um zwei jugendliche Spielerinnen verstärkt. Mit den
Schmutzerschwestern an Brett sieben und acht machen wir die platt. Die beiden Mädchen spielen schon
sehr gut. Viel besser als alle anderen Spieler, die in
dieser Liga an den Brettern sieben und acht spielen.
Mein Gegner hat ungefähr die gleiche Wertungszahl
wie ich. Er überläßt mir jede Initiative und macht nur
Verteidigungszüge. Die Partie steht hoffnungslos verloren für ihn, als mein Handy klingelt. Die Schiedsrich-
terin eilt herbei und wertet die Partie 'gewonnen' für
meinen Gegner. Ich hatte keine Ahnung davon, dass
ein Handyklingeln zum sofortigen Verlust der Partie
führt. Jetzt weiß ich es. Mist! Schon die dritte Partie
in der Saison, die ich verschenke. Hoffentlich beein-
flußt meine Partie nicht das Mannschaftsergebnis.
Die Gegner der beiden Schmutzerschwestern sind
chancenlos und wir gewinnen mit fünf zu drei Punk-
ten. Damit sind wir neuer Tabellenführer. Unser
Mannschaftsführer jammert, dass wir normal mit
sechs zu zwei gewonnen hätten und er jetzt ein Bier
zahlen müsse, da er auf einen sechs zu zwei Sieg ge-
wettet habe.
Wieder in Pankow lege ich mich erstmal hin. Dass ich
eine gewonnene Partie verschenkt habe, ist ärgerlich.

Aber es ist nichts gegen das, was mir in meinem Leben alles kaputt gemacht wurde. Darüber darf ich nicht nachdenken. Schnell aufstehen und was Anderes machen. Ich möchte an meinem Buch weiterschreiben. Ab dem 16.6.2013 habe ich nur noch kleine Zettel, auf denen ich die Stimmen mitgeschrieben habe sowie meine eigenen Gedankengänge notiert habe. Ich hole das Tagebuch vom Juni 2013 und schreibe alles auf, was mir vom 17.6. 2013 bis zum 23.6.2013 erzählt wurde.

Ich lese am 14.6.2013:

„Du hast ständig mit schrecklichen und grausamen Menschen zu tun gehabt."

„Dass aus dir einmal der mutigste Mann der Welt werden würde, hätten wir niemals für möglich gehalten."

Ich auch nicht.

Ich spiele noch ein paar Partien Stratego, bevor ich fernsehen gehe.

9. Januar 2017

Um kurz nach sieben ruft mein Vater an und meint, dass ich am nächsten Wochenende nicht zu kommen brauche. Im Haus sei es kalt und das Wasser sei abgestellt. Dafür würden meine Eltern am Ende der Woche nach Berlin kommen und mir ein weiteres Weihnachtsgeschenk mitbringen. Einen gebrauchten Computer auf dem Windows 10 laufen würde. Damit ich nicht mehr auf den Computer von meinem Mitbewohner angewiesen bin.

Ich habe letzte Nacht schlecht geschlafen. Normalerweise schlafe ich immer sehr gut. Ob das an dem neuen Medikament zur Senkung von Blutdruck und Puls liegen könnte?

Ich fahre in die BTS nach Buch. Nach dem Frühstück lese ich Zeitung. Dann lege ich mich in den Ruheraum. Nach etwa einer Stunde stehe ich auf und lese 'Nachtzug nach Lissabon'.

Nach dem Mittagessen ist Literaturgruppe. Wir lesen wieder in den Känguru - Chroniken.

Ich fahre zur KBS nach Pankow. Dort hole ich mir eine Tasse Kaffee und setze mich ans Internet. Ich spiele Schach. Wieder in der WG schreibe ich weiter an meinem Buch. Am 15.6.2013 findet sich wieder ein langer Eintrag:

„Wir hielten dich für einen Straftäter."

„Wir konnten nicht glauben, dass es so etwas Gutes wie dich gibt."

„Wir dachten du verarscht uns."

„Es tut uns leid."

„Du hast nichts Schlimmes getan."

„Du warst hochbegabt. Du hättest Professor werden können."

„Du bist der hochbegabteste Mensch, den ich je gesehen habe."

„Tut uns leid."

„Du bist dein Leben lang behindert worden - ohne es zu merken."

„Du warst der ahnungsloseste Typ der Menschheit."

„Du bist der ahnungsloseste Mensch, den ich je gesehen habe."

„Das ist der größte Justizskandal, den es je gegeben hat."

„Du bist ein ruhiger, lieber und fähiger Typ gewesen."

Da mir am 15.6.2013 so viel erzählt wurde, entscheide ich mich ich über den zweiten Teil morgen zu berichten. Ich spiele noch einige Partien Stratego und schaffe eine kleine Siegserie. Um kurz nach zehn gehe ich ins Bett und schalte den Fernseher ein. Im Fernsehen läuft ein James Bond Film, den ich schon einmal gesehen habe. Ich schlafe ein.

10. Januar 2017

Kurz nach neun wache ich auf. Ich habe geträumt, dass ich mit einem türkischen Klassenkameraden aus meiner Grundschulzeit ein Segelboot bauen würde.

Um halbzehn bin ich im Via - Büro. Weil aber kein Raum frei ist, verabrede ich mich mit Herrn Böhme für morgen Nachmittag. Ich fahre zur KBS. Dort lasse ich mich fürs Abwaschen eintragen und gehe ins Internet, um Schach zu spielen.

Es gibt heute Blutwurst mit Kartoffeln und Sauerkraut. Als Nachtisch gibt es Vanillepudding. Der ist sehr lecker. Ich hole mir noch ein zweites Schälchen mit Pudding.

Nachdem ich die Töpfe abgewaschen habe, fahre ich zurück in die WG.

In der WG lege ich mich erst mal hin und schlafe eine halbe Stunde. Dann putze ich das Bad. Das Bad ist wieder einmal so verdreckt, dass mich das Gefühl beschleicht, dass ich irgendwie der Einzige in der WG bin, der das Bad putzt. Ich spiele ein paar Partien Stratego im Internet. Dann gehe ich einkaufen. Ich kaufe Klopapier, Duplo, Butterkekse und eine Pepsi Light Lemon. Ich schlage den 15.6.2013 nach und schreibe weiter an meinem Buch:

„Wir wissen du bist ein Held."

„Dir wurde das Leben immer schwerer gemacht und du bist immer cooler und sensibler geworden."

„Du bist ein völlig gesunder, intelligenter Typ."

„Du bist ein Streber und besonders sensibler Typ geworden."

„Du hast eine grausame Familie gehabt."

„Deine Familie hat dich ruiniert, obwohl du ein liebenswürdiger Mensch warst, der unglaublich viel Energie, Hoffnung und Liebe hatte."

Das hatte ich wirklich. Jetzt ist davon allerdings nicht mehr viel übrig geblieben. Geheimdienste haben aus mir ein krasses Opfer von Geheimdienstwillkür gemacht. Dass ich als superkrasses Geheimdienstopfer keinerlei Wiedergutmachung bekomme, ist ein grobes Unrecht und sehr frustrierend. Dass die Amerikaner so unfair und gemein sein können, ist sehr enttäuschend. Dass ich einmal der Willkür eines deutschen Geheimdienstes und dann auch noch der Willkür eines amerikanischen Geheimdienstes ausgeliefert sein könnte, hätte ich nicht für möglich gehalten. Ich spiele noch einige Partien Stratego und dann schaue ich mir einen Liebesfilm im Fernsehen an.

11. Januar 2017

Ich fahre in die BTS nach Pankow. Dabei habe ich heute drei Seiten meines Buches für Felix Graf. Es soll eine erste Leseprobe sein. Außerdem habe ich eine Frage zu einer Stelle aufgeschrieben, die mir besonders wichtig ist. Um halbelf beginnt die Gesprächsgruppe. Frau Kissinger ist heute krank. Die Gruppe wird heute nur von Dr. Vogel geleitet. Außer Herrn

Dr. Vogel ist heute auch eine Praktikantin der KBS dabei - eine Psychologiestudentin. Sie heißt Miriam. Sie erzählt, dass sie seit langer Zeit schon die unterschiedlichsten Texte schreiben würde. Ich erwähne, dass ich auch schon seit meiner Jugend schreibe. Neben philosophischen Reflexionen auch Kurzgeschichten. Ich muss ihr versprechen, dass ich in der kommenden Woche eine eigene Kurzgeschichte mitbringe.

Nachdem Mittagessen ist Gartengruppe und ich bin der Einzige, der aus der Gruppe da ist. Frau Möhring und ich räumen verschiedene Gartengeräte aus einem Kellerraum in einen anderen. Danach versuchen wir herauszufinden, welche der Zimmerpflanzen in der BTS gedüngt werden müssen. Frau Möhring hat zu jeder Pflanze einige Seiten mit Infos aus dem Internet ausgedruckt.

Um halbdrei verlasse ich die Tagesstätte und fahre ins Via - Büro. Herr Böhme ist allerdings nicht da. Ich soll es am Abend nochmal versuchen.

Ich fahre zur KBS. Der Raum, in dem sich der Computer befindet, ist besetzt. Ich setze mich also zu den älteren Damen, die Karten spielen. Wir spielen Skipbo. Ein Kartenspiel bei dem es darum geht, einen Stapel Karten durch geschicktes Anlegen so schnell wie möglich los zu werden.

Durch die Fenster beobachte ich das Schneetreiben draußen. Ich denke mir wieder einmal: 'Ich sitze meine Zeit ab.' Der deutsche und der amerikanische Geheimdienst haben mir alles, was mir wichtig war, kaputt gemacht. Jetzt ist die Welt für mich zu einem Gefängnis geworden und ich besuche irgendwelche schwachsinnigen Gruppen, um mich zu beschäftigen. Alles, was mir wirklich am Herzen lag, ist kaputt.

Um fünf gehe ich in den Computerraum und spiele noch ein paar Partien Schach im Internet. Um sechs Uhr schließt die KBS und ich fahre nach Hause. Im Via - Büro treffe ich Herrn Böhme. Ich habe die Eingangsbestätigung meiner Klage gegen die Rentenversicherung vom Sozialgericht dabei. Ich möchte, dass Herr Hofer vom Jobcenter eine Kopie davon bekommt, damit er den aktuellen Stand meiner Bemühungen um eine berufliche Reha kennt.

In der WG freue ich mich über das Bad, das vor Sauberkeit glänzt. Ich setze mich in das Wohnzimmer an den Computer und lese am 16.6.2013 den Eintrag:

„Es tut uns leid.“

„Es tut uns leid, was wir aus dir gemacht haben.“

„Wir haben dir dein ganzes Leben versaut.“

„Wir hätten mit dir reden sollen.“

„Dann hätten wir gesehen, was für ein wunderbarer Mensch du geworden bist.“

„Dein Vater hat uns krassen Mist erzählt.“

„Du konntest dich nicht wehren.“

„Du bist der friedlichste und mutigste Mann der Welt.“

„Du bist Opfer des größten Justizskandals der Geschichte geworden.“

„Wenn wir vorher gewußt hätten, was für Gedanken du hast, wäre uns das nicht passiert.“

„Tut uns leid, dass du hinter das modernste Abhörsystem der Welt gekommen bist.“

12. Januar 2017

Heute ist Ausflugsgruppe. Wir fahren ins Bode Museum. Ich schaue mir byzantinische Kunst, mittelalterliche Skulpturen und die Münzsammlung an. Ich denke mir: 'Geheimdienste haben mir mein ganzes Leben versaut. Das ganze Leben ist versaut. Das ganze Leben.'

Gegen eins treffen wir uns im Museumscafe. Wir bekommen ein Getränk ausgegeben. Ich nehme eine heiße Schokolade.

Auf der Rückfahrt steige ich an der Haltestelle Eberswalder Straße aus. Ich esse eine Pizza für drei Euro und fünfzig. Dann fahre ich zurück in die WG. Dort lege ich mich hin. Um fünf klingelt es. Wir haben WG Gespräch. Herr Dinawski von Via fragt, ob wir alle zufrieden sind. Alle sind zufrieden. Ich denke mir, dass das Bad alle drei Wochen sauber gemacht wird. Immer dann, wenn der Putzplan vorsieht, dass ich das Bad putze. Ich sage aber nichts.

Ich gehe zu Lidl und kaufe mir Duplo und Butterkekse. Ich spiele ein paar Partien Schach.

Am Abend schlage ich den 17.6.2013 auf:

„Du warst ein gesunder und sehr begabter junger Mann."

„Dein Vater war ein Stalker und ein verrückter Mistkerl."

„Dein Vater hat dir deine ganzen Verliebtheiten kaputt gemacht, deine politische Karriere und deine wissenschaftlichen Ambitionen."

„Dein Vater hat dir alles kaputt gemacht."

„Du hättest Prof werden können."

„Du hättest eine Familie haben können."

„Der Verfassungsschutz hat – aus Versehen – einen Helden aus dir gemacht."

„Du bist der romantischte und liebste und vernünftigste Mensch der Welt."

„Du hast immer versucht, alles richtig zu machen."

„Dein Vater war ein Arschloch."

„Tut uns leid."

Ich schalte den Fernseher ein und schau mir 'Mordkommission Istanbul' an.

13. Januar 2017

Geträumt. Heute Nacht habe ich geträumt, dass ich zusammen mit Freunden Sylvester feiern würde und, dass ich währenddessen eine schöne Frau kennenlernen würde, mit der ich Zärtlichkeiten austausche. Leider wache ich auf und nichts ist mit Zärtlichkeiten. Ich bin wieder nur ein superkrasses Geheimdienstopfer. Meine Realität bleibt ein Albtraum.

Ich fahre in die Erich Weinert Straße zu meinem Zuverdienst. Ich trinke Kaffee und lese Zeitung. Es läuft eine CD von Kate Bush. Die Musik ist ganz okay für mich.

Am Schachtisch spiele ich eine Variante nach, die ich in dieser Woche gegen einen sehr starken Gegner im Internet gespielt habe.

Um eins fahre ich zum 'Wandel', wo ich Mittagessen gehe.

Anschließend fahre ich zurück nach Pankow. Im Via - Büro treffe ich Herrn Böhme. Allerdings ist kein Raum frei. Ich sage, dass es derzeit sowieso nichts zu besprechen gibt. Wir verabreden uns für nächsten Freitag. In der WG setze ich mich an den Computer und analysiere die Variante, die ich mir heute früh angeschaut habe. Dabei finde ich eine einfache Antwort auf die Frage, die sich mir am Vormittag stellte. Ich spiele noch einige Partien Stratego und dann setze ich mich wieder an mein Buch. Ich schlage den 18.6.2013 auf:

„Dein Vater war ein Sadist."

„Und wir haben ihm geholfen, dein Leben kaputt zu machen."

„Tut mir echt leid."

„Dein Vater war ein Riesenmistkerl, ein Wolf im Schafspelz."

„Dein Vater war ein Psychopath."

„Tut uns leid."

„Tut uns leid."

„Wir hätten mit dir reden sollen."

Es ist jetzt kurz nach sieben und ich entscheide mich, dass ich jetzt zum Clubabend meines Schachvereins fahre und morgen den zweiten Teil berichten werde. Die von mir analysierte Eröffnungsvariante spiele ich gegen Liam. Liam kommt aus Südengland und besucht seit Kurzem unseren Spielabend. Die meisten Spiele kann ich für mich entscheiden. Am späten Abend gewinne ich sogar gegen meinen Mannschaftskameraden Gerhard Wiener, der eine Ratingzahl hat, die mehr als hundert Punkte besser ist als meine eigene.

14. Januar 2017

Kurz nach neun stehe ich auf. Ich spiele ein paar Partien Stratego. Dann braucht mein Mitbewohner den Computer. Ich fahre in die Stadt zum Frühstücken.

Nach dem Frühstück habe ich noch eine halbe Stunde Zeit. Ich gehe ins Internet und spiele Stratego. Um halbzwei bin ich an der KBS, wo wir uns treffen, um zum Speedbowling zu gehen. Um zwei sind wir im Bowlingcenter. Wir belegen drei Bahnen. Ich denke wieder einmal: 'Der Verfassungsschutz hat ein gutes Leben kaputt gemacht.'

Das Bowling lenkt mich davon ab, mir weitere Gedanken über mein Schicksal zu machen. Schnell gehen zwei Stunden herum. Ich gehe ins Internetcafe und spiele Stratego. Wieder in der WG schreibe ich weiter an meinem Buch. Ich schlage den 18.6.2013 nach:

„Dass es so was Böses wie deinen Vater gibt, hätte ich mir nicht vorstellen können."

„Dass es so was Gutes wie dich gibt, hätte ich nie für möglich gehalten."

„Es tut uns leid, was wir dir angetan haben."

„Dein Vater war der jammervollste Typ der Menschheit und du bist der hoffnungsvollste Typ der Welt."

„Du hattest dein Leben lang mit menschlichen Abgründen zu tun."

„Dass du gesund geblieben bist, ist ein Wunder."

Ich gehe in mein Zimmer und schaue mir im ZDF den Kriminalist an.

15. Januar 2017

Kurz nach neun klingelt mein Handywecker. Ich mache mich auf den Weg in die Kirche. Früher, als ich noch in Heidelberg studiert habe, bin ich öfter zusammen mit meinem Freund Elias in die Kirche gegangen. Im Anschluß an den Gottesdienst haben wir meistens ausgiebig gefrühstückt und uns über die Predigt unterhalten. Heute sind meine Freunde von früher über Deutschland und die Welt verstreut und die guten Gespräche und Diskussionen fehlen mir sehr. Wenn ich jetzt in die Kirche gehe, dann denke ich mir manchmal, dass vielleicht der eine oder andere Freund von früher gerade ebenfalls einen Gottesdienst besuchen könnte und wir so in gewisser Weise unsichtbar verbunden sind.

Auch wenn meine eigenen Ziele kaputt gemacht wurden und aus mir ein frustriertes Geheimdienstopfer geworden ist, glaube ich immer noch, dass es das Gute in der Welt gibt und, dass die meisten Menschen eigentlich dieses Gute anstreben.

Auch habe ich die Hoffnung, dass die Wahrheit eine starke Macht ist, die sich gegenüber der Lüge durchsetzen wird. So habe ich selbst, als ich 2012 auf das Übelste beschimpft wurde, in mein Tagebuch geschrieben: 'Es gibt Wahrheit. Es gibt echte Fragen und echte Antworten.'

Und 2013 hat sich eben diese Wahrheit, die echte Wahrheit, bei den Deutschen, mit denen ich zu tun hatte, durchgesetzt.

Lügen verdunkeln die Welt. Lügen haben keine Seinsmacht. Die Wahrheit bleibt. Die Wahrheit macht das Seiende transparent für das Sein selbst.

Die Dompredigerin erzählt vom Volk Israel, als es durch die Wüste gewandert ist. Ich denke mir, dass der deutsche und der amerikanische Geheimdienst aus meiner Welt eine Wüste gemacht haben, durch die ich mit größter Wahrscheinlichkeit für den Rest meines Lebens wandern werde. Ich denke mir, dass ich es wohl nicht mehr erleben werde, dass der Verfassungsschutz die Verantwortung für das übernimmt, was er mir angetan hat.

Nach dem Gottesdienst gehe ich in der Eberswalder Straße eine Pizza essen. Danach gehe ich in meine Lieblingsbäckerei in der Schönhauser Allee. Dort trinke ich Kaffee und esse ein Stück Käsetorte und ein Stück Bienenstich. Den Nachmittag verbringe ich im Internetcafe mit Stratego.

Ich spiele Stratego und Schach wie Andere Alkohol trinken. Es geht darum, sich von dem eigenen beschissenen Schicksal abzulenken.

Wieder in der WG hole ich mein Tagebuch hervor. Ich lese am 19.6.2013:

„Ich habe noch nie einen Menschen mit so einer guten Intuition gesehen."

„Es tut uns leid, dass wir dich zu einem besonders sensiblen Menschen gemacht haben."

„Es tut uns wirklich leid."

Am Abend habe ich keine große Lust auf den Tatort und setze mich an den Computer, um Stratego zu zocken.

16. Januar 2017

Um kurz nach 8 stehe ich auf. Ich fahre nach Buch. Nach dem Frühstück begleite ich Max zum Einkaufen. Wir kaufen Gemüse für einen Auflauf.

Zurück in der Tagesstätte helfe ich beim Gemüseschnippeln. Um halbzwölf lege ich mich kurz hin. Und kurz nach zwölf setze ich mich wieder zu den Anderen und lese 'Nachtzug nach Lissabon.'

Um halbeins gibt es den Gemüseauflauf. Der schmeckt ganz lecker.

Nach dem Mittagessen ist Literaturgruppe. Wir lesen wieder einmal in den Känguru - Chroniken.

Um drei fahre ich in die KBS. Ich setze mich an den Rommetisch. Es gibt Kaffee für 30 Cent und dazu gibt es heute belegte Brötchen für 30 Cent. Ich denke mir, dass es hier warm ist und der Kaffee schmeckt und die Brötchen schmecken auch und ich schlage die Zeit tot. Und alles, was ich im Leben wirklich leben wollte, wurde mir kaputt gemacht. Und es gibt kein Gericht. Und es gibt keine Wiedergutmachung und kein Schmerzensgeld. So ein Mist!

Der doofe Verfassungsschutz hat aus einem Streber einen arbeitslosen Psychotiker gemacht und die bescheuerten Amerikaner haben dafür gesorgt, dass dieses krasse Unrecht bestehen bleibt und haben sogar noch ein weiteres Unrecht hinzugefügt, indem sie aus mir einen impotenten arbeitslosen Psychotiker gemacht haben. Da fällt mir ein, dass ich kürzlich von einer Rede der amerikanischen Schauspielerin Meryl Streep bei der Verleihung der Golden Globes gelesen habe, in der sie kritisierte: „Wenn die Mächtigen andere tyrannisieren, verlieren wir alle."

Genau das ist es, was die Amerikaner in meinem Fall machen: 'Eine Tyrannei der Mächtigen'.

Dabei scheißen die Amerikaner auf die Menschenrechte – zumindest die, mit denen ich es zu tun bekommen habe.

Um fünf setze ich mich an den Computer und beteilige mich an einem Schachturnier im Internet. Während des Spielens vergesse ich, was der deutsche und der amerikanische Geheimdienst aus mir gemacht haben.

Um sechs schließt die KBS und ich gehe ins Internetcafe, um ein weiteres Schachturnier zu spielen. Dabei vergesse ich, dass ich heute Abend eigentlich ein Hemd und einen Pullover bei C&A kaufen wollte. Am späten Abend schreibe ich wieder die Wahrheit über mein Leben auf, wie sie mir von den Deutschen 2013 erzählt wurde. Ich schlage den 20.6.2013 nach:

„Du hast immer versucht, Dunklem auszuweichen, biophile Wege zu suchen und zu gehen."

Ich denke mir: 'Stimmt!'

Ich lese einen Kommentar von mir, den ich am 20.6.2013 niederschrieb:

,Wenn ihr die Möglichkeit habt, Wahrheit festzustellen, frage ich mich, welche Möglichkeit ihr habt, aus der Erkenntnis der Wahrheit Recht herzustellen.'

Ich lese weiter:

„Dein ganzes Leben lang haben wir dich behindert."

„Wir dachten du seist Täter."

„Dabei warst du Opfer."

„Tut uns leid, was wir gemacht haben."

„Du hättest ne Freundin und ne Familie haben können."

„Du hättest Prof werden können."

Es ist spät geworden. Ich gucke noch ein wenig ZDF Info.

17. Januar 2017

Kurz vor zehn stehe ich auf. Um zehn wollen meine Eltern da sein. Ich bringe den Müll runter. Gegen halbelf kommen meine Eltern und bringen den Computer mit, den sie mir versprochen haben.

Wir laufen zum Rathaus. In der Nähe vom Rathaus Center gehen wir zu einem Griechen. Vor dem Essen gibt es Oliven mit Weißbrot. Das erinnert an Portugal. Ich esse heute Schweinemedaillons mit Kartoffeln und Bohnen. Das schmeckt ganz gut. Vor allem die Kartoffeln und die Bohnen sind gut gelungen.

Nach dem Essen fahren meine Eltern zurück nach Fürstenberg. Ich lege mich hin.

Um drei setze ich mich ins Wohnzimmer und schreibe weiter an meinem Buch.

Am 21.6.2013 lese ich:

„Du hast nichts Schlimmes getan.“

„Du bist aber in deinem Leben nach Strich und Faden verarscht worden.“

„Du wurdest die ganze Zeit angelogen und alle haben mitgemacht.“

„Du hast geniale Sachen geschrieben.“

„Du bist ein sehr begabter Mensch gewesen.“

Ich schreibe einige Gedankengänge in mein Tagebuch.

Im Internet möchte ich die Seite 'Kurzgeschichten.de' besuchen und lande auf der Seite 'Wortkrieger.de'. Die Seite, auf der ich eine eigene Kurzgeschichte veröffentlicht habe, hat jetzt offensichtlich einen neuen Namen. Außerdem werden nicht mehr nur Kurzgeschichten veröffentlicht, sondern auch Romane. Sehr gut. Damit habe ich eine Möglichkeit gefunden, meine Geschichte im Netz zu veröffentlichen. Ich suche nach meiner Kurzgeschichte aus dem Jahr 2004.

Schließlich finde ich sie und mache mir einen Ausdruck.

Am späten Abend spiele ich noch einige Partien Stratego und dann schaue ich noch etwas fernseh.

18. Januar 2017

Wir haben Mittwoch. Um kurz vor neun überrede ich mich aufzustehen. Ich fahre in die BTS in die Siegfriedstraße. Da Herr Dr. Vogel und Frau Kissinger heute beide nicht da sind, wird die Gesprächsgruppe von der Praktikantin Miriam geleitet. Ich lese die Kurzgeschichte vor, die ich vor mehr als zehn Jahren geschrieben habe. Es handelt sich um eine autobiographische Geschichte. Es geht um ein Schachcafe und eine meiner ersten Verliebtheiten. Vieles würde ich heute wahrscheinlich nicht mehr so schreiben. Manches kommt mir irgendwie übertrieben vor. Allerdings ist die Geschichte auch überraschend gut in der Lage, mich in die Zeit einer heftigen Verliebtheit mit Anfang zwanzig zurück zu versetzen. Vieles ist einfach auch sehr authentisch.

Die Geschichte kommt bei den Teilnehmern der Gesprächsgruppe gut an. Bernd meint, dass ihm die Geschichte viel gegeben habe. Das freut mich.

Bernd erzählt, dass er das Gefühl hat, noch irgendetwas machen zu wollen. Bisher habe er aber alles nach kurzer Zeit abgebrochen. Und er habe Angst, dass, wenn er irgendetwas anfangen würde, er dies wieder nach kurzer Zeit abbrechen würde. Ich denke mir, dass ich gerne eine Ausbildung zum NLP Coach machen würde. Doch daraus dürfte wohl nichts mehr werden. Denn selbst wenn ich die Ausbildung finanziert bekäme, dann hätte ich doch keinen Raum, wo ich die Kunden empfangen könnte. Ich überlege mir kurz, ob ich vielleicht meine Dienste erst einmal nur über das Internet anbieten könnte.

Aber ich halte mich nicht lange bei dem Gedanken auf, da ich mir die Ausbildung zu einem NLP Coach im Moment sowieso nicht leisten kann.

Am Nachmittag ist wieder Gartengruppe. Ich bin heute immerhin nicht der Einzige. Georg ist heute auch da. Wir machen aus einer vertrockneten Pflanze kleine Stücke, die wir im Biomüll entsorgen.

Dann gehen wir die Pflanzen in den verschiedenen Räumen der Tagesstätte ab und Frau Möhring liest aus den Informationen, die sie aus dem Internet hat, vor, was für die jeweilige Pflanze besonders wichtig ist.

Um kurz vor drei verlasse ich die BTS und fahre zur KBS Pankow. Dort wird heute Romme gespielt. Ich setze mich dazu. Um kurz vor fünf gehe ich ins Internet und lese meine Emails. Ich habe eine Mail von Silke - eine gute Bekannte aus der Zeit, als ich noch in Heidelberg studiert habe. Kennengelernt habe ich sie in Ludwigsburg, wo sie bei meiner Großmutter zur Untermiete wohnte.

Wir hielten telefonisch Kontakt und sie besuchte mich zweimal in Heidelberg.

Sie hat mir am 16. Januar geschrieben, dass sie am 18. Januar zu einer Konferenz in Berlin sei und ob ich da vielleicht am Abend Zeit hätte. Ich schreibe ihr, dass ich heute Abend Zeit habe und sie sich am besten übers Handy melden soll, wenn sie meine Email noch rechtzeitig erhält.

Kurze Zeit später klingelt mein Handy und Silke ist dran. Sie sagt, dass sie heute Abend Zeit hat und sich freuen würde, wenn wir uns treffen könnten. Sie würde sich in 'Stadtmitte' befinden und ich solle einen Vorschlag für einen Treffpunkt machen. Ich schlage vor, dass wir uns an der S Bahn Station 'Hackescher Markt' treffen. Damit ist Silke einverstanden und wir vereinbaren, dass wir uns um 19 Uhr dort treffen wollen. Es ist jetzt kurz vor sechs. Ich gehe noch für eine halbe Stunde ins Internetcafe. Auf Facebook gibt es eine Gruppe ' Tanzpartner Tango Nou'. Dort schreibe ich eine Anzeige, dass ich nach drei Jahren Pause wieder Tango tanzen möchte und, dass ich eine Partnerin für den Basikkurs für Montag oder Dienstag suche. Um halbsieben steige ich an der S Bahnstation Pankow in die S2 ein. Ich fahre bis zur S Bahnstation Friedrichstraße und von dort zur S Bahnstation Hackescher Markt. Fünf vor sieben bin ich da. Silke kommt etwa fünfzehn Minuten nach sieben. Sie hatte noch einen Aufenthalt aufgrund eines Notarzteinsatzes.

Wir gehen in ein Bistro, das direkt am Hackeschen Markt liegt. Ich meinte mich daran erinnern zu können, dass ich mit meinem Onkel am Hackeschen Markt ein Bier trinken gegangen bin, welches selbstgebräut war. Doch hier gibt es nur Flaschenbier. Das ist aber so teuer, als ob es selbstgebräut wäre.

Silke erzählt mir, dass sie in der Zwischenzeit für das bayrische Sozialministerium arbeiten würde.

Ich erzähle ihr, dass ich begonnen habe, meine Geschichte aufzuschreiben. Als ich ihr erzähle, dass ich glaube, dass die Geheimdienste auch auf die Sexualität Einfluß nehmen können, reagiert sie mit Unglauben. Ich denke mir, dass die meisten Menschen über die Möglichkeiten der Geheimdienste keine Ahnung haben. Und ich hätte normalerweise auch keine Ahnung davon, wenn ich nicht selbst ein superkrasses Geheimdienstopfer geworden wäre. Silke sind die Zweifel ins Gesicht geschrieben. Wieder einmal frage ich mich, wie ich rüberbringen kann, dass die Stimmen, die ich gehört habe, absolut 'authentisch' waren.

Ich erzähle ihr von den Agenten, mit denen ich es Ende des Jahres 2013 zu tun bekommen habe.

Agenten, die genau darüber Bescheid wußten, was ich 2013 gedacht und gemacht habe.

Das habe ich mir nicht eingebildet und das war niemals Zufall. Nie im Leben war das Zufall.

Silke meint, dass sie es toll findet, dass ich die Kraft habe, die Geschichte aufzuschreiben. Das sei auf jeden Fall eine gute Sache.

Sie sagt, dass sie es gut findet, dass ich Tätigkeiten gefunden habe, die mich von der Geheimdienstgeschichte ablenken. Ich erzähle ihr von den schwachsinnigen 'Gefängnisgruppen', die ich besuche, worauf sie davon spricht, dass ihr ihr Leben auch oft wie ein Gefängnis vorkommen würde. Im Ministerium müsste sie funktionieren, wie ein Rädchen im Getriebe und am Abend und am Samstag würde sie sich total ausgelaugt vorkommen. Das erinnert mich an meine Referendariatszeit in Stuttgart. Ich kam mir damals ständig überfordert vor und hatte das Gefühl, dass mir für eine gute Unterrichtsvorbereitung zu wenig Material und Zeit zur Verfügung stehen würde. Ich musste ständig Kompromisse machen und ich wurde während der ganzen Zeit den Eindruck nicht los, dass die Überforderung ein Teil der Ausbildung sei.

Ich glaube heute, dass mir die wissenschaftliche Arbeit vielleicht besser gelegen wäre, da ich hier mehr Zeit gehabt hätte, um mir auf einem bestimmten Gebiet Expertenwissen anzueignen.

Kurz vor zehn verlassen wir das Lokal. Ich begleite Silke noch bis zur S Bahnstation Friedrichstraße. Dann trennen sich unsere Wege.

Wieder zurück in der WG habe ich keine Lust mehr an dem Buch weiterzuschreiben. Ich lege mich hin und lasse mich vom Fernseher berieseln.

19. Januar 2017

Geträumt. Heute habe ich davon geträumt, dass ich noch mit Stephanie zusammen wäre. Wieder nur ein Traum. Dass ich keine Beziehung mehr haben kann, finde ich am ärgsten. Ich bin der Meinung, dass ich das den bescheuerten Amerikanern zu verdanken habe, denn im Jahr 2013 hatte ich noch ein normales Sexleben. Das ist im Laufe des Jahres 2014 verloren gegangen. Damit ist mir etwas genommen worden, das ich immer für sehr wichtig gehalten habe. Vielleicht kann man sogar sagen, dass ich ein aktives Sexleben für das Wichtigste im Leben gehalten habe. Also vielleicht neben dem Tangotanzen.

Ich fahre in die BTS Pankow. Heute haben wir Ausflugstag. Da wir rechtzeitig los müssen zu einer Vorführung im Zeiss Großplanetarium, frühstücken wir zehn Minuten früher als sonst. Auf der Fahrt erzählt Felix, dass er sich gern einen Raum mieten möchte für einen Tag in der Woche, um an diesem Tag Sozio-therapie anzubieten. Er meint, dass ein Praxisraum für einen Tag in der Woche 130 Euro im Monat kosten würden. Ich denke mir, dass ich auch gerne an zumindest einem Tag in der Woche als NLP Coach arbeiten würde. Ob ich irgendwann einmal so viel verdiene, dass ich mir das leisten kann?

Die Vorführung im Großplanetarium heißt 'Wunder des Lebens' und handelt von Darwin und seiner Entdeckung der natürlichen Auslese. Die Stimme des Erzählers und die Musik wirken irgendwie sehr beruhigend. Ich habe Mühen mich wach zu halten.

Die ganze Show dauert von 11- 12 und ich bin offensichtlich nicht der Einzige, der mit dem Schlaf zu kämpfen hatte. Denn, als die Vorführung beendet ist, fragt mich Felix, der neben mir saß, ob er geschnarcht hätte.

An der S Bahnstation Prenzlauer Allee gehen wir in eine nahegelegene Bäckerei, wo wir einen Kaffee ausgegeben bekommen. Anschließend ist es etwa eins und ich fahre zum Alex und gehe ins 'Wandel', wo ich zu Mittag esse.

Nach dem Mittagessen fahre ich zu meiner Hausärztin. Dort bekomme ich ein Rezept für mein Schilddrüsenmedikament und eins für neue Vitamin B12 Ampullen. Außerdem mißt die Arzthelferin meinen Blutdruck. Der ist ziemlich gut. Offensichtlich wirkt das Medikament, das meinen Blutdruck und den Puls senken soll.

Ich gehe in eine Bäckerei, trinke nen Kaffee und esse ein Stück Marmorkuchen. Anschließend gehe ich in den Media Markt, um einen USB Speicherstick zu kaufen. Neben dem Speicherstick kaufe ich mir noch ein Computerspiel für den PC. Siedler III. Ein Strategiespiel. Es kostet nur sieben Euro. Ich denke, dass ich da nicht viel falsch machen kann.

Wieder in der WG speichere ich gleich eine Fassung des bisher Geschriebenen auf dem USB Stick. Dann möchte ich das neue Computerspiel ausprobieren. Aber es läuft nicht. Auf dem Bildschirm erscheint eine Nachricht, dass ich nicht über die nötigen Systemvoraussetzungen verfügen würde. Ich bin enttäuscht und spiele eine Partie Stratego.

Um fünf kommt ein Via Mitarbeiter zum WG Gespräch. Aber ein Mitbewohner ist nicht da und der andere Mitbewohner ist krank.

Ich setze mich an mein Buch und ich schlage den 22.6.2013 auf:

„Wir dachten, dass wir die Welt vor dir beschützen müssten."

„In Wirklichkeit bist du ein Verfassungspatriot und ein Streber und ein besonders sensibler Mensch geworden."

„Wir behindern dich in deinem Leben schon seit deiner Kindheit."

„Wir haben dafür gesorgt, dass ein Philanthrop keine Freundin bekommt, keine Karriere in der Politik machen kann und wir haben deine wissenschaftlichen Ambitionen kaputt gemacht."

„Jetzt weißt du, warum du für uns ein Held geworden bist."

„Weil du dich die ganze Zeit nicht unterkriegen lassen hast, obwohl wir dich mit den miesesten Methoden bekämpft haben."

„Du hast immer von Familie geträumt und wir haben dir deine Beziehungen kaputt gemacht."

„Wir haben uns auf andere Informationen verlassen, statt selbst zu prüfen, was wirklich aus dir geworden ist."

„Du bist ein wundervoller Mensch gewesen."

„Leider bist du so ein Streber und besonders sensibler Mensch geworden, dass du jetzt bewacht wirst."

„Jemand, der unschuldig verfolgt wurde, dem wird nun weiter von staatlicher Seite Unrecht angetan."

„Du sollst nie wiederkehren dürfen."

„Wir sollen dich verrückt machen."

„Du bist der größte Streber, den es gibt."

„Tut mir leid."

Es folgen nun viele *„Tut mir leid."* und *„Tut uns leid."*

Auf die vielen „Tut mir leid" habe ich reagiert, indem ich die Deutschen, mit denen ich es zu tun hatte, aufgefordert habe, es nicht beim „Tut mir leid" sein zu lassen, sondern zu handeln und nicht länger Teil eines Unrechts zu sein. Konkret habe ich nun dazu aufgerufen Befehle und Anweisungen zu verweigern, die der Aufrechterhaltung eines Unrechts dienen.

Ich mache den Fernseher an und schaue mir eine Diskussion über die bevorstehende Präsidentschaft von Donald Trump an. Ich denke mir, dass hoffentlich Manches gar nicht so heiß gegessen wird, wie es gekocht wird.

20. Januar 2017

Ich fahre zu meinem Zuverdienst in die Erich Weinert Straße. Es ist nicht viel los. Ich lese Zeitung und trinke Kaffee. Frau Fricke, eine Mitarbeiterin von Prenzlkomm, möchte sich mit mir zusammensetzen. Sie erzählt mir, dass der Zuverdienst nur als eine zeitlich begrenzte Übergangslösung gedacht ist und, dass man von Prenzlkomm aus bemüht sei, bei der Eingliederung in anspruchsvollere Tätigkeiten zu helfen.

Ich erzähle Frau Fricke, dass mich die Arbeit in einem Reisebüro oder die Arbeit als Steuerfachangestellter interessieren würde. Sie meint, dass ich bei einem Praktikum in einem Reisebüro oder bei einem Steuerberater nur Kaffee kochen würde und schlägt vor, dass ich erst einmal ein Praktikum im geschützten Rahmen machen soll. Sie könnte sich für mich ein Praktikum in der Verwaltung einer Behindertenwerkstatt vorstellen. Sie fragt mich, ob ich mir so eine Form der Arbeitserprobung vorstellen könne und ich sage, dass es für mich okay wäre, erst mal in einer Verwaltung zu arbeiten. Frau Ficke meint, dass sie mal bei Compass anrufen könnte. Die wären in meiner Nähe. Kurze Zeit später teilt sie mir mit, dass sie einen Termin für mich am 10. Februar bei Frau Hänsler bekommen habe.

Ich gehe nach dem Zuverdienst zur Bank. Ich habe noch zweihundert Euro übrig. Die verbrauche ich nicht bis Ende des Monats. Ich denke mir, dass ich mir von dem Geld noch Kleidung kaufen kann.

Zum Mittagessen gehe ich - wie jeden Freitag – ins 'Wandel'. Nach dem Essen gehe ich ins Second Hand Kaufhaus am Alex. Ich finde ein weißes Hemd, das sehr edel aussieht. Es kostet nur 14 Euro.

Als ich wieder in Pankow bin, klingel ich beim Via - Büro. Herr Böhme ist schon nicht mehr da.

Ich gehe ins Wohnzimmer und setze mich an den Computer an mein Buch. Ich schlage den 23.6.2013 auf:

„Sehr viel Geld ging drauf, um dir alles Mögliche kaputt zu machen. Nur um schließlich das Nächstliegende festzustellen. Nämlich, dass du nichts Schlimmes gemacht hast, sondern ein begabter Mensch gewesen bist."

„Du bist Opfer grausamer und schrecklicher Menschen geworden."

„Du hast überhaupt nichts Schlimmes gemacht."

Ich hoffe, dass die Deutschen, mit denen ich 2013 zu tun hatte, weitergeben werden, dass ich in meinem Leben nichts Schlimmes und nichts Verbotenes gemacht habe, dass mir aber vom Verfassungsschutz Schlimmstes angetan wurde.

Ich lese weiter:

„Es ist so schade, so schade, dass wir einen Deppen aus dir machen sollen. So ein wunderbarer Mensch"

Ich lese meinen Kommentar vom 23.6.2013, den ich auf einen Zettel geschrieben habe und mit Tesafilm auf meinen Schreibtisch geklebt habe: ***,Ihr müsst gar nichts! Verpflichtet seid ihr nur eurem Gewissen! Nehmt euch die Freiheit, der Wahrheit einen Weg zu bahnen, der Verfassung einen Weg zu bahnen!'*** Außerdem habe ich aufgeschrieben: ***,Ich fordere von meiner Regierung ein, Gerechtigkeit walten zu lassen.'***

Ich erinnere mich, dass ich vorher extra den Wortlaut der Eidesformel der Bundeskanzlerin im Internet nachgeschlagen habe und darin heißt es:

'Ich schwöre, dass ich [...] Gerechtigkeit gegen jeder-
mann   üben   werde.'

Am Abend fahre ich zum Clubabend meines Schachvereins. Ich spiele einige Partien gegen einen stärke-
ren Gegner, die ich alle verliere. Es sind immer nur
Kleinigkeiten, die zur Niederlage führen. Ich denke
mir, dass ich, wenn ich einen guten Tag habe, auch
mal ein Spiel gewinnen würde. Ich spiele gegen Liam
und kann die Mehrzahl der Partien gewinnen.
Als ich mich auf den Heimweg mache, ist es schon
halbzwölf.

21. Januar 2017
Ich schlafe aus. Nachdem ich aufgestanden bin, setze
ich mich ins Wohnzimmer und spiele einige Partien
Stratego im Internet. Dann gehe ich auf die Seite
'Wortkrieger'. Ich möchte ein Expose meines Buches
ins Internet stellen. Dazu lese ich mir zuerst die anderen Exposes unter der Rubrik Gesellschaft durch.
Ich entscheide mich Zitate für den Buchrückentext zu
verwenden.
Um die Mittagszeit gehe ich in die Schönhausener
Allee, um dort zu frühstücken.
Ich gehe noch kurz ins Internetcafe. Gegen drei überlege ich, ob ich jetzt in die Sauna gehen soll oder vielleicht doch besser zum 'Warm up' meines Schachvereins gehe. Das 'Warm up' ist ein Turnier, das von 16
bis 19 Uhr ausgetragen wird und aus fünf Partien be-
steht, die maximal eine halbe Stunde dauern.

Ich entscheide mich, in die Sauna zu gehen. Ich mache vier Aufgüsse mit. Gegen acht fahre ich heim.

Ich gehe auf Wortkrieger.de und lese den Kommentar von Asterix. Ich schreibe noch eine kurze Zusammenfassung meiner Geschichte. Ich lasse den Fernseher laufen.

Ich schlafe erst sehr spät ein..

22. Januar 2017

Um kurz nach acht klingelt der Wecker. Ich gehe duschen. Während des Duschens habe ich das Expose im meinem Kopf und die Geschichte, die ich 2013 erlebt habe.

Ich fahre zehn Minuten später ab, als ich vorhatte. Ich schicke eine SMS an meinen Mannschaftsführer, dass ich mich um einige Minuten verspäten werde.

Als ich in unserer Spielstätte eintreffe, sind schon fünf Minuten auf meiner Uhr abgelaufen. Ich spiele wieder die Eröffnung, mit der ich in der vergangenen Saison so erfolglos gewesen bin. Dabei gelingt mir der thematische Bauernvorstoß im Zentrum. Nur habe ich anschließend auch keinen wirklich überzeugenden Gewinnplan. Es steht jetzt 3:3, mein Spiel sieht nach Remis aus und das Spiel von David sieht verloren aus.

Im Endspiel sehe ich ein Abspiel, bei dem mein Gegner einen Bauern gewinnen könnte. Aber zum Glück übersieht mein Gegner diese Chance und spielt einen Bauernabtausch, bei dem ich einen Bauern gewinne. Es gestaltet sich allerdings schwierig, den Mehrbauern zu einer Dame umzuwandeln. Ich schaue bei David aufs Brett. Er hat in der Zwischenzeit eine Gewinnstellung.

Plötzlich macht mein Gegner einen groben Patzer, so dass ich einen Turm gewinnen kann. Mein Gegner gibt auf und wir gewinnen am Ende doch noch mit 5:3.

Ich fahre in die Eberswalder Straße und esse eine Pizza Calzone für drei Euro fünfzig.

Wieder in der WG schaue ich auf der Seite von Wortkrieger.de, ob es neue Kommentare zu meinem Expose gibt.

Anschließend lege ich mich hin, um einen kurzen Mittagsschlaf zu halten. Am Abend setze ich mich wieder an meine Geschichte. Ich schlage den 24.6.2013 auf:

„Wir haben dafür gesorgt, dass du keine Freundin bekommst."

„Daher hast du dein Leben lang von der großen Liebe geträumt."

„Wir wußten nicht, dass du ein harmloser lieber Kerl bist."

Am Abend habe ich keine Lust auf den Tatort. Ich spiele noch ein paar Partien Stratego im Internet.

23. Januar 2017

Wir haben neun Uhr und ich fahre nach Buch in meine Tagesstätte.

Nach dem Frühstück frage ich Frank Baum, einen Mitarbeiter von Albatros, ob er kurz Zeit hätte. Ich erzähle ihm, dass ich mir Sorgen mache, wegen des Buches, das ich veröffentlichen will. Ich erzähle ihm, dass ich befürchte, dass die Dienste da nicht einfach cool zuschauen werden.

Frank beruhigt mich und meint, dass es schon so viele krasse Bücher geben würde, dass es eines mehr oder weniger auch nicht ausmachen werde. Wir unterhalten uns fast zwei Stunden über das Buch.

Als wir uns wieder zu den Anderen begeben, ist das Mittagessen fast fertig.

Nach dem Mittagessen helfe ich beim Abspülen und dann lese ich noch ein wenig in 'Nachtzug nach Lissabon'. In der Literaturgruppe lesen wir wieder in den Känguru - Chroniken.

Um drei fahre ich zur KBS nach Pankow. Ich setze mich an den Rommetisch. Um fünf gehe ich ins Internet und spiele Schach.

Gegen sechs fahre ich zu meiner WG.

Ich setze mich ins Wohnzimmer vor den Computer.

Ich habe die größten Zweifel, dass die Dienste eine Veröffentlichung der Wahrheit zulassen werden.

Es ist irgendwie ziemlich einsam hier. Ich drehe die Heizung hoch. Sie wird heiß. Aber mir ist kalt.

Ich schreibe eine SMS an Ilja und an Christian, mit denen mich seit meiner Zeit in Heidelberg eine Freundschaft verbindet. Freunde, mit denen ich bisher in allen Lebenslagen einen sehr ehrlichen Austausch über die eigenen Gedanken und Gefühle pflegen konnte.

Ich schreibe über meine Zweifel. Ich schreibe, dass ich in meinem Leben eigentlich ein Normalo sein wollte. Stattdessen würde ich nun hier sitzen und die krasseste Geheimdienstgeschichte aufschreiben, die ich kenne.

Ich schlage den 25.6.2013 nach:

„Wir haben dich zum harmlosesten, zum größten und zum nutzlosesten Streber der Welt gemacht."

Ich schalte den Fernseher ein. Es wird spät.

24. Januar 2017

Wir haben Dienstag und ich gehe zur Kochgruppe in der KBS Pankow.

Das Internet ist besetzt. Ich gehe ins Internetcafe um die Ecke und spiele eine Partie Stratego.

Gegen halbeins bin ich wieder in der KBS. Es gibt Kartoffel mit Spinat und Rührei. Als Nachtisch gibt es Schokopudding. Der schmeckt sehr gut. Ich hole mir zweimal nach.

Es gibt heute nicht viel abzuwaschen. Ich fahre in die WG und mache einen kurzen Mittagsschlaf.

Um drei treffe ich Herrn Böhme. Ich erzähle ihm davon, dass ich ein Expose meines Buches bei Wortkrieger.de veröffentlicht habe und, dass ich mir nun Sorgen machen würde über die möglichen Auswirkungen, die eine Veröffentlichung der Wahrheit haben könnte.

Auch Herr Böhme äußert die Meinung, dass ich mir da nicht so viele Sorgen zu machen brauche. Solange ich nicht mit einer Maschinenpistole beim Verfassungsschutz auftauchen würde, müsse ich mir keine Sorgen mache. Ich denke mir, dass Worte und gute Gedanken 2013 keineswegs machtlos oder 'nutzlos' waren. 2013 sollte ich immer wieder gute Gedanken zum richtigen Zeitpunkt haben. Heute kann ich mich nicht mehr an jeden Gedankengang erinnern. Ich hoffe, dass sich die Deutschen, mit denen ich 2013 zu tun hatte, daran erinnern werden und vielleicht erinnern sich sogar die Amerikaner daran.

Ich schreibe eine Email an meinen Freund Elias. Ich schreibe ihm, dass es mir mit dem Aufschreiben meiner Geschichte darum geht, dass ein Teil der Wahrheit konserviert wird für eine Zeit, in der die Dienste zugeben können, dass sie für die Stimmen verantwortlich gewesen sind, die ich gehört habe.

Ich erinnere mich mit Wehmut an die gemeinsame Studienzeit in Heidelberg. Wir hatten immer genug Humor und genug Tiefsinn um dem Leben das Beste abzugewinnen.

Ich überlege kurz. Es gibt noch einen Grund, warum ich meine Geschichte aufschreibe. Ich schreibe sie für diejenigen auf, die mit mir ein Jahr meines Lebens geteilt haben und die an meinen Erinnerungen, an meinen Träumen, meinen Hoffnungen und meinen Ängsten Anteil genommen haben und dabei so viel von mir kennengelernt haben, wie wohl kaum ein Anderer.

Um kurz nach sechs gehe ich zum Tango Basiskurs.

Auf dem Weg ins Tango Nou habe ich doch ein bischen Schiss, dass ich nach drei Jahren alles vergessen habe, was ich einmal konnte. Fünf vor sieben bin ich da. Ich treffe Carmen, meine Tangopartnerin. Sie ist kleiner als ich. Aber sie läßt sich eigentlich ganz gut führen. Ich bin zufrieden.

Unser Tangolehrerpaar unterrichtet, die verschiedenen Möglichkeiten, um zu 'kreuzen'. Man kann als Führender selbst kreuzen ohne dass es die Folgende merkt, man kann gemeinsam kreuzen oder man kann als Führender bei der Folgenden ein Kreuz führen ohne selbst zu kreuzen. Mir ist eindeutig am liebsten, wenn wir beide gemeinsam kreuzen oder ich nur ein Kreuz führe, denn dann habe ich die Möglichkeit im

Parallelschritt weiter zu tanzen und ich muss nicht im Kreuzschritt tanzen.

Es gelingt mir heute sogar wieder eine Drehung zu führen. Zwar weiß ich nicht, ob meine Schrittfolge wirklich 'richtig' ist, aber ich erreiche die von mir beabsichtigte halbe Drehung und es gelingt mir, dass meine Tangopartnerin mir dabei folgt. Carmen meint, dass es sich ganz gut angefühlt habe. Ich bin zufrieden mit meiner ersten Tangostunde nach drei Jahren. Carmen hat es auch Spaß gemacht und wir verabreden uns für den Basiskurs in einer Woche.

Ich schaue noch ein wenig beim Mittelstufenkurs zu. Ich sehe einige Fortgeschrittenenschritte, an die ich mich wieder erinnern kann. Ich denke mir, dass, wenn es nach mir ginge, ich am liebsten wieder jeden Abend oder zumindest vier bis fünfmal in der Woche Tango tanzen gehen würde. Aber ich befürchte, dass ich keine Partnerin mehr finden werde, die Zeit und Lust hat, vier bis fünfmal in der Woche mit mir Tango zu tanzen. Dass ich Ende 2012 Stephanie getroffen habe, war einfach ein großer Glücksfall.

Als ich wieder zu Hause bin, ist es auch schon fast zehn und ich gucke noch ein wenig fernseh.

25. Januar 2017

Es ist neun Uhr und ich fahre zur BTS in die Siegfriedstraße. Wir haben heute Gesprächsgruppe mit Margarete Kissinger und mit Praktikantin Miriam. Frau Kissinger meint, dass sie bedaure, dass sie letztes Mal nicht da war und, dass sie unbedingt meine Kurzgeschichte im Internet nachlesen möchte. Miriam erzählt vom Tangotanzen. Sie möchte mit ihrem Freund an einem Tangofestival in London teilnehmen und nun würden sie drei bis viermal in der Woche Tango tanzen. Ich beneide sie dafür, dass sie die Möglichkeit hat, auf diesem Niveau Tango zu tanzen. Und ich beneide sie dafür, dass sie irgendwann die Möglichkeit haben wird, als Psychologin zu arbeiten.

Nach dem Essen lege ich mich hin. Anschließend gehe ich nach Hause. Ich ärgere mich darüber, was mir der Verfassungsschutz alles kaputt gemacht hat. In der WG setze ich mich an mein Buch. Ich schlage den 26.6.2013 nach:

„Wir dachten du bist ein pornoschauender Angeber"

„Dabei hättest du Professor werden können und gehst Tango tanzen."

„Du hast dein ganzes Leben lang Pech gehabt und bist ein hoffnungsvoller Mensch geworden."

„Du bist ein wunderbarer Mensch geworden."

Ich denke mir, dass ich zu keinem Zeitpunkt in meinem Leben ein Pornogucker werden wollte. Ich wollte eine reale Beziehung haben, einen Beruf haben und ich wollte Tango tanzen gehen.

Ich spiele noch ein wenig Stratego im Internet, um mir nicht zu viel Gedanken über mein Schicksal zu machen.

26. Januar 2017

Heute ist Ausflugsgruppe. Wir fahren heute zum ALEXA. Dort wollen wir bowlen gehen.

Bevor wir losfahren rede ich kurz mit Frank Baum. Ich mache mir Sorgen, dass ich vielleicht zu brisante Informationen zugänglich mache, was ja eigentlich nicht in meiner Absicht liegt. Mir geht es eigentlich primär darum, öffentlich zu machen, was mir die Verfassungsschützer über mein Leben offen gelegt haben und, dass die Amerikaner dafür gesorgt haben, dass Jemandem, der sein Leben lang unschuldig verfolgt wurde, staatlicherseits weiter ein krasses Unrecht angetan wird.

Mir geht es nicht darum, ein Staatsgeheimnis der Amerikaner zu verraten. Frank meint, dass er darauf keine Rücksicht nehmen würde. Schließlich hätten die Dienste bisher auch in keiner Form mit mir zusammengearbeitet. Und das sei auch nicht zu erwarten. Daher, meint Frank, würde er an meiner Stelle eiskalt die ganze Geschichte erzählen.

Ich denke mir, dass die Amerikaner sich sehr viel Ärger hätten ersparen können, wenn sie den Verfassungsschutz eine Wiedergutmachung hätten leisten lassen.

Irgendwie finde ich es auf der Bowlingbahn im ALEXA schwieriger konstant gute Würfe hinzubekommen als beim Speedbowling in Pankow. Trotzdem macht das Bowling Spaß. Von mir aus könnten wir ruhig öfter zum Bowling gehen.

Ich habe im ALEXA ein Taschengeschäft gesehen. Dort gehe ich nach dem Bowling hin. Mein Rucksack ist ziemlich verschmutzt und auf der Rückseite aufgerissen. Wenn ich wieder Nachhilfe geben möchte, dann brauche ich auch einen neuen Rucksack. Doch hier kosten alle Rucksäcke um die siebzig Euro. Das ist mir dann doch zu teuer.

Ich gehe ins 'Wandel' zum Mittagessen. Dann fahre ich zurück in die WG. Ich leg mich hin, um einen Mittagsschlaf zu machen. Ich wache auf. Mir wird bewußt, wieviel mir kaputt gemacht wurde. Schnell was Anderes machen. Ich setze mich an den Computer im Wohnzimmer. Ich schlage den 27.6.2013 nach:

„Du träumst von der großen Liebe."

„Du lügst nicht."

„Du hast Religion."

„Du hättest Prof werden können."

„Du tanzt Tango."

„Weißt du wie peinlich das für uns ist."

„Du bist der größtmögliche Systemfehler, den es gibt."

27. Januar 2017

Wir haben Freitag und ich fahre zu meinem Zuverdienst in die Erich Weinert Straße.

Ich hole die Zeitung und mache mir einen Kaffee. Im CD Player liegt Xavier Naidoo.

Es ist nicht viel los. Frau Fricke setzt sich wieder mit mir zusammen. Diesmal meint sie, dass sie selbst am 10. Februar keine Zeit haben wird und ich daher bei Via anfragen soll, ob Jemand von Via am 10. Februar Zeit hätte.

Nach dem Zuverdienst gehe ich – wie jeden Freitag – zum Mittagessen ins 'Wandel'. Im Kopf habe ich Xavier Naidoo: 'Sie ist nicht von dieser Welt'. Ich denke an Lucia. Ich denke mir, dass das, was mir an ihr gefiel irgendwie auch nicht von dieser Welt war.

Nach dem Mittagessen fahre ich ins Via - Büro, um Herrn Böhme zu treffen.

2. Teil

27. März 2017

Wir haben Montag und ich fahre zur BTS nach Buch. Zwischen Blankenburg und Karow sind Bauarbeiten und es ist ein Ersatzverkehr mit Bussen eingerichtet. In Buch angekommen kaufe ich mir zwei Brötchen fürs Frühstück.

Ich komme rechtzeitig zum Frühstück. Nach dem Frühstück lese ich 'Nachtzug nach Lissabon'. Der portugiesische Autor Amadeu de Prado, den der Protagonist zu verstehen sucht, schreibt darüber, dass ihn sein Freund Jorge damit konfrontierte, dass es im Leben Dinge gibt, die die man nicht mehr rechtzeitig tun können wird. Der Portugiese Prado zitiert seinen Freund mit den Worten:

'Auf dem Flügel so spielen zu können, wie er es verdient – das liegt nicht mehr in der Reichweite meines Lebens.'

Ich denke mir, dass es in meinem Leben nicht nur etwas in der Zukunft Wünschenswertes ist, dass ich nicht umsetzen kann, sondern, dass es bereits mein jetziges aktuelles Leben ist, das nicht ganz ist. Ich wollte niemals alleine durchs Leben gehen müssen. Aber mir wurden nicht nur meine Beziehungen kaputt gemacht, sondern auch meine beruflichen Ambitionen. Ohne eine Beziehung zu sein und ohne einen Beruf zu sein, ist einfach ziemlich scheiße.

Ich lege mich für eine gute Stunde hin. Anschließend lese ich Zeitung.

Nach dem Mittagessen lege ich mich nochmal für eine halbe Stunde hin. Anschließend ist Literaturgruppe. Wir lesen zur Zeit 'Von Tigern und Menschen' von Richard Ives. Es handelt von den Beobachtungen und Erlebnissen des Autors, während er in Indien ist, um Tiger zu beobachten. Das Buch ist nicht besonders spannend. Aber es ist besser als nichts. Ich überlege mir 'Die Brücke über die Drina' von Ivo Andric mitzubringen – ein Buch, das ich sehr spannend und gut geschrieben fand.

Nach der Literaturgruppe haben wir Vollversammlung. Gegen drei mache ich mich auf den Weg nach Pankow. Beim Bäcker in Buch esse ich noch ein Stück Käse- Mandarinen- Kuchen.

Auf der Rückfahrt ist zwischen Karow und Blankenburg wieder Schienenersatzverkehr. Als ich in der KBS Pankow ankomme, ist dort der Rommetisch schon besetzt und ich setze mich an den Computer, um im Internet Schach zu spielen. Außerdem mache ich im Internet eine Computeranalyse meines Schachspiels vom letzten Sonntag. Dabei stelle ich fest, dass der Computer die gleichen Eröffnungszüge gespielt hätte, welche ich gespielt habe. So schlecht kann meine Eröffnungsbehandlung also nicht gewesen sein.

Wieder in der WG angekommen schaue ich am Abend fernseh.

28. März 2017

Wir haben Dienstag und ich fahre kurz vor zehn zur Kochgruppe der KBS Pankow. Ich zahle die drei Euro für das Essen und die Getränke. Andreas fragt mich, ob ich heute beim Vorbereiten des Raumes für die Yogagruppe helfen würde, was ich bejahe.

Nach der Aufgabenverteilung setze ich mich an den Computer und spiele im Internet Schach.

Zum Mittagessen gibt es heute Bratwurst mit Kartoffeln und Sauerkraut. Ich helfe nach dem Essen die Tische und die Stühle an den Rand zu stellen, damit es genügend Platz für die Yogagruppe gibt.

Kurz vor zwei bin ich in der WG und teste meinen neuen Fernsehreceiver, den ich mir wegen der Umstellung auf DVB T2 gekauft habe. Zwischen zwei und drei Uhr mache ich Mittagsschlaf. Und um drei setze ich mich an den PC, um mein Buch weiterzuschreiben. Ich schlage den 29.6.2013 auf:

„Aus dir ist ein lieber Streber geworden."

„Tut uns leid, Alex, was wir gemacht haben."

„Tut uns leid, dass du ein Geheimnisträger geworden bist."

„Wir hätten niemals gedacht, dass wir aus dir einen Helden gemacht haben."

„Wir haben gedacht, du seist ein Angeber."

„Dabei hättest du ein genialer Wissenschaftler werden können."

„Du sollst jetzt dein Leben lang verarscht werden."

„Das ist die gemeinste Sache der Welt."

Um halbfünf gehe ich zu Herrn Böhme ins Via- Büro.

Ich habe die Kontonummer meines Schachclubs dabei, um 40 Euro Startgeld für das Pfingstopen zu überweisen. Ich muss allerdings feststellen, dass nur noch 20 Euro auf meinem Konto sind. Um fünf fahre ich in die Stadt und ich zocke noch eine Partie Stratego im Internetcafe. Um sechs bin ich wieder in der WG und ich schaue fernseh. Während des Fernsehschauens schlafe ich ein. Gegen Mitternacht bekomme ich mit, dass die ganzen Kanäle kein Signal mehr haben. Wahrscheinlich wurden die alten Frequenzen abgestellt und ab jetzt gibt es das neue digitale Fernsehen auf neuen Frequenzen.

29. März 2017

Kurz vor neun klingelt mein Handywecker. Ich gehe an den Fernseher und starte den Sendersuchlauf. Dieser findet auch gleich die neuen Frequenzen. Das wäre also schon mal erledigt.

Ich fahre zur BTS Pankow in die Siegfriedstraße. Nach dem Frühstück findet die Gesprächsgruppe statt. Herr Kehla ist nicht mehr in der Gruppe. Er wird der Gruppe fehlen. Er hat immer so viel Zufriedenheit ausgestrahlt. Frau Kissinger erzählt, dass die ehemalige Praktikantin Miriam sich nach mir erkundigt hat. Ich kann mich noch gut an die Psychologiestudentin erinnern, die viel Zeit mit Tangotanzen verbrachte. Nach dem Mittagessen lege ich mich kurz für eine halbe Stunde hin. Dann bepflanzen wir in der Gartengruppe einen Stuhl im Vorgarten mit Blumen. Das sieht ganz nett aus. Gegen drei Uhr bin ich in der WG und schreibe an dem Buch weiter. Ich lese den Eintrag vom 30.6.2013:

„Es tut uns leid, dass wir einen Streber aus dir ge-
macht haben."
„Du hättest Professor werden können."
„Das Leben ist nicht fair."
Um kurz vor fünf fahre ich in die KBS Pankow. Der
Rommetisch ist besetzt und auch das Internet wird
gerade benutzt. Ich trinke einen Kaffee und fahre
dann zu einem Internetcafe. Dort zocke ich noch ein
paar Schachpartien. Dann fahre ich wieder in die WG
und schalte den Fernseher an.

30. März 2017
Heute ist keine Ausflugsgruppe, sondern ein Vortrag
von Kathrin Kerber zum Thema 'Ex – In' in der BTS
Buch. Mit dieser Ausbildung soll man sogar einen
normalen Angestelltenvertrag bekommen können.
'Ex – In' steht für 'Experienced – Involvement' und
bedeutet, dass Psychiatrie - Erfahrene eingebunden
werden und zu sogenannten Genesungsbegleitern
ausgebildet werden.
Zum Mittagessen gibt es heute Spaghetti mit Tomatensauce. Das habe ich früher auch oft gekocht.
Die Sauce schmeckt ziemlich gut.
Nachdem Essen machen wir einen Spaziergang. Felix
erzählt mir davon, dass er ein Buch bei 'BoD' veröffentlicht hat und er dadurch keine Kosten hatte. Allerdings würde man, wenn man bei 'Books on Demand' veröffentlichen würde, keinen 'normalen' Verlag mehr bekommen. Mit Barbara und Lena gehe ich
zum S Bahnhof Buch. Wir fahren nach Pankow.
In Pankow gehe ich ins Internetcafe und zocke einige
Schachpartien. Gegen fünf bin ich in der WG und

schreibe weiter an dem Buch. Ich finde den nächsten Eintrag am 5.7.2013:

„Wir verarschen einen guten Menschen, der sein ganzes Leben schon verarscht worden ist."

„Dein Vater war ein Arschloch, Alex. Er hat selbst Kinderpornos geschaut und hat dich benutzt, um sich hinter dir zu verstecken."

„Diese Welt ist wirklich nicht die Richtige für dich."
„Tut mir leid."

Am Abend gucke ich noch einen 'Tatort' an.

31. März 2017

Gegen neun stehe ich auf. Ich schreibe mir noch eine Variante der 'Preußischen Partie' auf. Ob ich mir diese Variante merken kann. Vielleicht kann ich sie im Cafe am Schachtisch nachspielen.

Um zehn bin ich beim Bäcker in der Schönhauser Allee und kaufe mir ein Schokobrötchen. Kurz nach zehn beginne ich mit meinem Dienst in dem Cafe von Prenzlkomm, wo ich jeden Freitag meinem Zuverdienst nachgehe. Auf dem Tresen steht ein Strauß Birkenzweige mit Ostereiern aus Karton. Es ist nicht viel los. Ich lese Zeitung und trinke Kaffee. Zwischen zwölf und eins kommen drei Gäste, die etwas zu essen bestellen. An den Schachtisch komme ich heute gar nicht ran. Er ist besetzt.

Kurz nach eins verlasse ich das Cafe. Die Zeit ging schneller rum, als ich befürchtet habe. Weil meine Sommerjacke Flecken hat, die beim Waschen nicht mehr rausgehen, möchte ich mir von meinem Ersparten eine neue Jacke kaufen. Ich gehe in den Schönhauser Allee Arcaden zu H&M und C&A. Die haben aber noch keine Sommerjacke.

Ich gehe zum Alex in das 'Wandel'. Dort esse ich ein Schnitzel mit Kartoffeln und Karottengemüse. Ich fühle mich aber irgendwie nicht richtig satt. Ich hole mir noch eine belgische Waffel zum Nachtisch. Dann gehe ich wenige Meter vom 'Wandel' entfernt in ein Second Hand Kaufhaus. Dort finde ich aber auch nicht, was ich suche. Ich gehe zu Primark. Dort finde ich eine blaue Sommerjacke für 16 Euro. Ich bezahle von dem Geld, das ich mir in den vergangenen drei Jahren zurückgelegt habe.

Wieder in der WG, gehe ich ins Internet und schaue in mein Konto, ob das Geld für April schon angekommen ist. Ist es nicht. Es ist kurz nach drei. Im Via-Büro treffe ich Herrn Böhme. Ich erzähle ihm, das die Woche einen normalen Verlauf genommen hat und das ich übers Wochenende meine Eltern besuchen möchte.

In der WG spiele ich eine Partie Stratego und dann setze ich mich wieder an das Buch. Den nächsten Eintrag finde ich am 8.7.2013:

„Du hattest eine grausame Familie."

„Dein Vater hat dir dein ganzes Leben kaputt gemacht."

„Dein doofer Vater und dein doofer Nachbar."

Gegen halbsieben gehe ich bei lichess.org auf die Analysefunktion und lasse mir die Traxler Variante anzeigen. Kurz nach acht bin ich in der Spielstätte meines Schachclubs angekommen. Gerade noch rechtzeitig, um am Blitzturnier zum Monatsende teilzunehmen. Bei einem Blitzturnier haben beide Kontrahenten fünf Minuten Zeit für die ganze Partie. Hat einer der beiden Spieler seine fünf Minuten aufgebraucht, dann hat er das Spiel verloren. Es nehmen fast nur gute Spieler teil. Ich kann zufrieden sein, wenn ich nicht Letzter werde. Es gelingt mir zwei Partien von zwölf zu gewinnen. Ziel erreicht. Ich bin nicht Letzter. Gegen elf bin ich wieder in meiner WG.

3. April 2017

Wir haben Montag und ich bin auf dem Weg zur BTS nach Buch.

Am Wochenende habe ich meine Eltern besucht. Mein Vater meinte, dass Ryan Air billig Flüge nach Portugal anbieten würde und, dass wir vielleicht dieses Jahr doch noch nach Portugal kommen würden. Ich würde gerne nochmal mit meinen Elten nach Portugal fliegen.

Nachdem Frühstück gehe ich mit einem anderen Nutzer, Georg Lichter, zum Einkaufen. Anschließend helfe ich beim Schnippeln des Gemüses. Vor dem Essen lege ich mich noch eine Stunde hin. Nach dem Essen mache ich eine halbe Stunde Mittagsschlaf. Dann ist Literaturgruppe und wir lesen 'Von Tigern und Menschen'.

Um halbdrei mache ich mich auf den Weg nach Pankow. In der KBS setze ich mich an den Rommetisch. Gespielt wird Rommikub. Das ist genauso wie Romme – nur mit Steinen, statt mit Karten. Um halb fünf gehe ich ins Internet und überweise an meinen Schachverein die 40 Euro Startgebühr für das Pfingstopen. Anschließend spiele ich noch ein paar Schachpartien.

Gegen sechs Uhr bin ich in der WG und schalte den Fernseher an.

4. April 2017

Einige Minuten nach zehn bin ich in der KBS zur Kochgruppe. Ich zahle meine drei Euro und trinke einen Kaffee. Heute werde ich wieder einmal zum Abwaschen eingeteilt. Das Computerzimmer ist besetzt. Ich gehe ins Internetcafe und spiele Schach. Gegen zwölf bin ich wieder in der KBS. Ich lege mich auf die Couch. Um halbeins ist das Essen fertig. Es gibt Lasagne. Die schmeckt köstlich. Ich hole mir noch eine zweite Portion. Zum Nachtisch gibt es Obstsalat. Nach dem Essen spüle ich die Töpfe ab sowie die Schüssel vom Obstsalat.

Kurz vor zwei bin ich wieder in der WG. Ich lege mich hin. Um drei gehe ich an den Computer und spiele Schach im Internet. Gegen fünf gehe ich zum Lidl und kaufe Butterkekse, Duplo und eine Pepsi Light Lemon. Bis kurz nach sechs spiele ich Schach auf lichess.org. Dann setze ich mich wieder an mein Buch. Ich finde den nächsten Eintrag am 11.7.2013:

„Tut mir leid.“

„Tut mir leid“

„Dein Vater hat dir dein ganzes Leben kaputt gemacht.“

Um halbacht gehe ich in mein Zimmer und gucke fernseh.

5. April 2017

Heute bin ich schon kurz vor acht Uhr wach. Ich stehe auf und schreibe mir eine meiner Partien der Mann-

schaftsmeisterschaft 2016/2017 in meinen Notizblock. Diese Partie möchte ich mir gerne genauer anschauen.

Ich packe eine CD mit Tangomusik aus dem 'Haus der
Sinne' ein und fahre zur BTS in die Siegfriedstraße.
Letzten Mittwoch habe ich in der Gesprächsgruppe
versprochen, dass ich heute Tangomusik mitbringen
werde. Um halbelf findet die Gesprächsgruppe mit
Frau Kissinger statt. Herr Dr. Vogel besucht heute
eine andere Veranstaltung. Wir entscheiden, dass wir
einen Spaziergang durch den Park machen. Der Park
erstrahlt im hellen Grün der Bäume. Das macht Lust
auf den Sommer Um zwölf sind wir wieder in der BTS
und ich lege die Tangomusik ein. Frau Kissinger
meint, dass die Musik melancholisch und sehnsuchts-
voll machen würde. Ich fand 2013, dass schöne
Tangomusik sehr tröstend wirken kann, wenn man
viel verloren hat.

Um halbeins ist Mittagessen. Nach dem Essen lege
ich mich eine halbe Stunde hin. Dann findet die Gartengruppe statt. Ich erkläre mich bereit die vergan-
gene Woche gesäten Tomaten zu besprühen. Es sind
noch sehr kleine Pflänzchen. Vielleicht zwei Zentime-
ter groß.

Da ich kurz nach zwei schon fertig bin, verlasse ich
heute die BTS etwas früher. Ich möchte unbedingt
mit meinem Buch weiterkommen. Wieder in der WG
suche ich den nächsten Eintrag. Die Einträge erfolgen
nun in mehr oder weniger großen Zeitabständen. Das
ist aber nicht schlimm, weil das Wichtigste bereits
gesagt ist und Vieles daher nur eine Wiederholung

darstellt. Am 17.7.2013 finde ich den folgenden Gedankengang:

**'Was hier gerade passiert, ist für mich Verrat an gut
150 Jahren deutscher Verfassungsgeschichte. Ihr
entschuldigt die drastische Wortwahl, aber ich habe
viele Jahre studiert, worüber ich hier schreibe.'**

Ich denke mir, dass man, genau genommen, sogar
von 200 Jahren deutscher Verfassungsgeschichte reden kann, denn die Forderungen der 1848er Revolution, kamen ja bereits in der ersten Hälfte des 19.
Jahrhunderts auf. Ich erinnere mich, dass ich den
Deutschen mit denen ich es 2013 zu tun bekommen
habe, empfahl, 'Der Freiheit eine Gasse' von Michael
Kunze zu lesen, um den Kampf der deutschen Revolutionäre von 1848 gegen staatliche Willkür und für
Grundrechte, die für alle gelten, besser nachvollziehen zu können.

Ich finde im Internet eine gute Beschreibung des Buches. Ich lese:

'Michael Kunze hat mit seinem im Jahr 1990 erschie-
nenen Roman "Der Freiheit eine Gasse. Traum und
Leben eines deutschen Revolutionärs" eine beeindru-
ckende Charakter- und Lebensdarstellung des badi-
schen Revolutionärs Gustav (von) Struve vorgelegt.'

Ich denke mir, dass ich Gustav von Struve eher als
einen Juristen und einen entschiedenen Gegner von
staatlicher Willkür bezeichnen würde und weniger als
einen Revolutionär. Aber das mag 1848 ja bereits revolutionär gewesen sein.

Ich lese weiter:

'Gustav Struve, heute kaum jemandem bekannt, war
einer der wichtigsten Revolutionäre der Märzrevolu-

tion von 1848. Er war kein halber, kein zögerlicher, sondern ein ganzer, ein radikaler Demokrat. Keiner der 1848 zögerte oder sich den Fürsten anbiederte, wie das so manches Mitglied des Paulskirchenparlaments tat. Er war ein unabhängiger Denker, mutiger liberaler Journalist, überzeugter Demokrat und Anwalt.'

Den Absatz finde ich gut gelungen. Ich lese weiter: 'Michael Kunze gelingt es in seinem Roman uns in die politische Ideenwelt Gustav Struves eintauchen zu lassen, Struve selbst in seine Zeit zu stellen und dabei seinen außerordentlichen Drang nach Freiheit und Selbstbestimmung der Menschen zu verdeutlichen.' Ich denke mir: Der Absatz gefällt mir auch ganz gut. Ich lese:

'Das Buch beschreibt ein düsteres Jahrhundert in Deutschland, ein Land dessen Obrigkeit die Freiheit stranguliert, die Presse zensiert und verbietet, menschliche Existenzen vernichtet [...]' Ich denke mir, dass ich mir für Deutschland wünsche, dass es nie wieder so eine finstere Zeit erleben muss. Gegen vier verlasse ich die WG und gehe in die KBS Pankow. Dort gehe ich ins Internet und schlage 'Literaturforum' nach. Ich finde 'Leselupe.de', wo ich mich gleich registrieren lasse. Ich spiele noch ein paar Schachpartien. Kurz nach sechs bin ich wieder in der WG. Ich setze mich an den PC im Wohnzimmer und schreibe ein Expose meines Buches. Auf Leselupe.de schicke ich das Expose als meinen ersten Beitrag. Gegen halbacht gehe ich in mein Zimmer und schalte den Fernseher an.

6. April 2017

Um acht stehe ich heute schon auf. Ich bin eine halbe
Stunde früher als sonst in der BTS Pankow. Ich lege
mich noch eine halbe Stunde in den Ruheraum. Nach
dem Frühstück geht es los zur Prenzlauer Allee. Wir
besuchen das Zeiss Großplanetarium in Prenzlauer
Berg. Wir schauen uns eine Show an über das sogenannte 'Dunkle Universum'. Anschließend gehen wir
in eine Bäckerei, wo wir einen Kaffee ausgegeben
bekommen. Um eins verlasse ich die Ausflugsgruppe
und fahre zum Alexanderplatz. Ich gehe zum Mittagessen ins 'Wandel'. Nach dem Essen fahre ich in die
WG. Ich mache einen Mittagsschlaf und um drei gehe
ich ins Via - Büro, wo ich Herrn Böhme treffe. Wir
stellen meinen Antrag auf GEZ Befreiung fertig. Im
Anschluß schreibe ich weiter an dem Buch.
Ich finde den nächsten Eintrag am 19.7.2013:
„Es tut uns leid."
„Du hattest grausame Eltern."
*„Die haben einen Deppen aus dir gemacht, obwohl du
ein Streber und ganz normaler Mensch bist."*
*„Du bist hinter deinem Rücken nach Strich und Faden
verarscht worden."*
Bis etwa halbsieben spiele ich Schach im Internet.
Dann braucht mein Mitbewohner das Internet. Ich
gehe fernsehgucken.

7. April 2017

Gegen halbzehn bin ich unterwegs zu meinem Zuverdienst. Ich habe mir eine Schachpartie mitgenom-
men, die ich - wenn ich gerade Pause mache - am
Schachtisch nachspielen will. Der Schachtisch ist al-

lerdings nicht da. Bis etwa 12 Uhr ist nicht viel los
Dann kommen die ersten Gäste die ein Mittagessen
bestellen. Um halbeins bittet mich Frau Fricke zu einem Gespräch. Sie meint, dass man bei mir keine
Entwicklung sehen würde und es keinen guten Eindruck mache, wenn der Tresendienst Zeitung lesen
würde. Da ich eine berufliche Reha zu einer Bürotätigkeit anstreben würde, wäre es besser für mich, mir
in diesem Bereich eine Zuverdiensttätigkeit zu suchen. Spätestens Ende Mai solle die Tätigkeit im Cafe
auslaufen. So etwas habe ich mir schon gedacht, da
ich in den vergangenen Monaten schon mehrmals
gehört habe, dass der Zuverdienst im Cafe nur zur
Überbrückung gedacht sei und nicht für die Ewigkeit.
Jetzt muss ich mit Herrn Böhme eine neue Zuverdienstmöglichkeit suchen. Wenn ich nichts Geeigne-
tes finde, gehe ich in die Frühstücksgruppe der KBS
Pankow, die Freitagvormittag stattfindet. Ich lasse
mir von Frau Fricke das Geld für meine Tätigkeit im
März auszahlen. Es sind 15 Euro. Dann fahre ich ins
'Wandel' zum Mittagessen.
Anschließend fahre ich in meine WG. Ich setze mich
an den Computer und schlage den 21.7.2013 auf: **'Ihr,
die ihr mich überwacht versteht doch hoffentlich,
warum hier etwas passiert, das grundlegend falsch
ist. Was können wir machen? Es geht hier um Artikel
1 des Grundgesetzes! Und Artikel 1 des Grundgesetzes ist nicht irgendein Artikel. Er gehört meines Er-
achtens zur Identität des deutschen Volkes und hat
etwas mit 150 Jahren deutscher Verfassungsgeschichte zu tun und mit schlimmen Erfahrungen des
deutschen Volkes mit staatlicher Willkür!'**

„Das Ganze war eigentlich so gemacht, damit du ver-
rückt wirst."

„Wir wußten nicht, dass wir einen Streber aus dir ge-
macht haben."

„Tut uns leid, dass du so viel Persönlichkeit hast."

„Das ist die geheimste Sache der Welt."

„Eine Sache, die als von Normalsterblichen nicht zu
entdecken galt, entdeckt ein arbeitsloser Lehrer aus
Berlin."

„Das ist peinlich."

„Du belehrst uns über Verfassungsgeschichte und Ar-
tikel 1 des Grundgesetzes"

„Statt einem Deppen ist Supermann aus dir gewor-
den."

„Das ist die peinlichste Sache der Welt geworden."

Kurz nach vier fahre ich ins Internetcafe und spiele
noch ein paar Schachpartien. Kurz nach sechs gehe
ich nach Hause und schaue fernseh.

8.   April 2017

Um halbzehn stehe ich auf. Ich notiere mir noch eine
Partie in meinem Notizblock.

Dann setze ich mich an mein Buch. Ich finde den
nächsten Eintrag am 23.7.2013:

'Wenn meine Gedanken Sprengstoff wären, ich
würde die Mauern sprengen, die ihr errichten wollt
zwischen mir und dem Rest der Welt.

Wenn meine Gedanken Viren wären, würde ich euch
anstecken wollen für die Ideale der bürgerlichen
Freiheitskämpfer des 19. Jahrhunderts, für die Idea-
le des christlichen Widerstandes gegen Hitler, für die
Ideale eines anderen Deutschland eines Stauffen-

berg, für die Ideale von 150 Jahren Verfassungs-kampf, die in Artikel 1 des Grundgesetzes stecken.'

„Es tut uns leid, dass wir einen Streber aus dir ge-macht haben."

„Es tut uns so leid, dass wir einen Helden aus dir ge-macht haben."

„Wir hätten mit dir reden sollen."

„Es tut uns leid."

„Was du für Möglichkeiten gehabt hättest."

„Wir konnten uns nicht vorstellen, dass es so was Gu-tes wie dich gibt."

„Aus deinem Vater ist ein Jammerlappen geworden und aus dir ist ein positiver Mensch geworden."

„Dein Vater war gemein."

„Es tut uns echt schrecklich leid."

Gegen zwölf fahre ich in die Bäckerei in der Schön-hauser Allee, wo ich für 3,59 Euro ein Frühstück be-komme. Anschließend gehe ich in das gegenüberlie-gende Internetcafe. Ich spiele Schach im Internet bis zwei. Dann gehe ich zur Therme am Europa Center. Kurz nach drei löse ich dort meine Tageskarte. Ich mache viermal einen Aufguß mit. Um halb acht ver-lasse ich die Therme und am Bahnhof Zoo esse ich eine Currywurst und kaufe mir ein Bier. Es wird kurz vor neun, als ich wieder in der WG bin. Im Fernsehen schaue ich noch einen Krimi.

9. April 2017

Ich komme etwa 15 Minuten zu spät zum Gottes-dienst im Berliner Dom. Für das nächste Mal muss ich mir merken den Handywecker früher klingeln zu lassen. Die Predigt haut mich heute nicht gerade vom Hocker.

Kurz vor zwölf bin ich in der Pizzeria an der Eberswalder Straße, wo es für 3,50 Euro eine Pizza Calzone gibt. Anschließend esse ich in einer Bäckerei in der Schönhauser Allee ein Stück Käsetorte.

Dann gehe ich ins Internetcafe und spiele ein paar Partien Schach.

Zwischen 14 und 15 Uhr mache ich Mittagsschlaf. Mir wird plötzlich klar wie viel mir kaputt gemacht wurde und wie wenig von dem übrig ist, was ich leben wollte. Schnell an was Anderes denken. Ich setze mich an mein Buch und schlage den 24.7.2013 auf:

„Dein Vater war der bösartigste Mensch, den ich je in meinem Leben getroffen habe und du bist der liebste Mensch, den ich je in meinem Leben getroffen habe."

„Du bist der größte Streber, den ich in meinem Leben je gesehen habe."

„Du bist der begabteste Mensch, den ich je gesehen habe."

„Du bist der mutigste Mann, den ich je getroffen habe."

„Du bist der am ungerechtesten behandelte Mann, den ich je getroffen habe."

„Dein Vater war ein verdammter Vixer."

„Es tut uns leid. Du bist das Opfer eines Familiendramas geworden."

Ich setze mich in mein Zimmer und schreibe noch an den Tagebucheinträgen von August 2013.

Um halbsechs fahre ich in die Stadt. In der Nähe der Eberswalder Straße setze ich mich in ein Cafe. Drin-

nen ist nicht viel los. Die meisten Leute sitzen draußen und unterhalten sich angeregt. Ich denke mir,
dass ich das Zusammensein und die Gespräche mit
Freunden sehr vermisse. Hier kann ich mich höchstens mit Rene wirklich gut unterhalten. Aber so ein
gutes Gespräch mit Rene findet äußerst selten statt.
Ich lese in 'Nachtzug nach Lissabon' und trinke einen
O – Saft. Kurz nach halbsieben verlasse ich das Cafe.
Gegen sieben bin ich wieder in der WG und mache
den Fernseher an.

10. April 2017

Ich bin heute schon kurz vor acht wach. Ich schreibe
noch eine halbe Stunde an dem Tagebuch von 2013.
Dann fahre ich zur BTS nach Buch. Dort gibt es um
halbzehn Frühstück.
Nach dem Frühstück gehe ich mit Danilo, einem der
Betreuer, zum Einkaufen ins Kaufland. Während Danilo den Einkaufswagen holt, schreibe ich für den Aus-
hang vom Kaufland, dass ich Nachhilfe in Mathe und
Deutsch anbiete.
Wieder zurück in der Tagesstätte hat Georg bereits
drei Auflaufformen mit Kartoffelscheiben bestückt.
Ich schnippel noch Tomaten und Paprika und schnei-
de weitere Kartoffeln in dünne Scheiben. Zwanzig
Minuten nach zwölf wandert der Kartoffelauflauf in
den Backofen. Nun teile ich die Teller aus, während
Juri das Besteck austeilt. Anschließend lege ich mich
noch eine halbe Stunde auf die Couch im Ruheraum.
Um eins gibt es Mittagessen.
Da Frank Baum heute nicht da ist, fällt die Literatur-
gruppe aus. Wir nehmen stattdessen an einem Spa-

ziergang durch den Park mit Danilo teil. Die frischen Grüntöne der Bäume und Parkflächen wirken beruhigend. Ich verlasse die Spaziergänger am Parkausgang und gehe zur S Bahnstation Buch. Ich bin früh dran. Ich gehe noch zum Bäcker und kaufe mir ein Stück Käse – Mandarinen - Kuchen. Um kurz vor drei bin ich in der KBS Pankow. Ich schreibe zwei Emails an Freunde von mir. Beide haben Arbeit und beide haben ein Kind. Das, worum es im Leben geht – eine Arbeitsstelle zu haben und Familie zu haben –, bleibt mir verwehrt und auch das Tangotanzen liegt brach. Meine Welt ist zu einer Art Gefängnis geworden. Meine Freiheit ist krass reduziert. Ich bin krass reduziert. Gegen halbvier setze ich mich an den Rommetisch und spiele Rummikub. Um fünf gehe ich wieder ans Netz und spiele ein paar Schachpartien. Kurz nach sechs bin ich wieder in der WG und setze mich vor den Computer. Ich schlage den 26.7.2013 auf:

„Das Ganze ist ein schreckliches Mißverständnis"

„Du sollst dein Leben lang verarscht werden."

„Das tut uns unser Leben lang leid."

„Aus dir wurde das größte Justizopfer der Menschheit."

„Es ist so schade, dass wir einen Deppen aus dir machen sollen."

„Es tut uns leid, dass wir nach Amerika gegangen sind."

„Wir können dir hier nicht helfen."

'Ich fordere die Deutschen, mit denen ich zu tun habe, auf, passiven Widerstand zu leisten und Befehle und Anweisungen einfach nicht zu befolgen, um nicht weiter Teil einer Sache zu sein, die falsch ist.'

Gegen sieben schalte ich meinen Fernseher ein.

11. April 2017

Kurz vor 10 bin ich in der KBS Pankow zur Kochgruppe. Ich esse ein Schokobrötchen, das ich mir beim Bäcker geholt habe und trinke eine Tasse Kaffee. Unten werden neue Stühle für die KBS angeliefert. Ich helfe beim Hochtragen und ich mache mit Dr. Vogel und Andreas die Kartonverpackungen klein, damit sie in die Papiertonne passen. Wieder oben lasse ich mich zum Abwaschen einteilen. Da das Computerzimmer besetzt ist, fahre ich zum Internetcafe. Dort spiele ich einige Schachpartien. Für Donnerstag schlage ich im Internet nach, wie lang man von Pankow nach Karlshorst braucht, um in Karlshorst das Deutsch - Russische Museum zu besuchen. Anschließend gehe ich zum Essen. Es gibt Schnitzel mit Rosenkohl, Kartoffeln und einer Sauce. Zum Nachtisch gibt es Karotten – Apfel Salat. Nach dem Abwaschen fahre ich wieder zurück in die WG. Von zwei bis drei mache ich einen Mittagsschlaf. Dann setze ich mich an den Computer und schreibe **'Thesen zur aktuellen politischen Krise in Deutschland'** auf, die ich am 7.7.2013 festgehalten habe unter der Überschrift **'Wird eine Politik der Angst zur deutschen Staatsräson ?:**

Eine ängstliche deutsche Regierung, die, aus Gründen der Staatsräson, von ihren Beamten oder von Offizieren und Soldaten der Bundeswehr den Bruch ihres Eides oder verfassungsfeindliches Verhalten verlangt, ist untragbar geworden!

Eine ängstliche deutsche Regierung, die, aus Gründen der Staatsräson, von ihren Beamten oder von Offizieren und Soldaten der Bundeswehr, einen Dienst mit zynischem Bewußtsein abverlangt, vergiftet den gesunden Menschenverstand ihrer Beamten oder von ihren Offizieren und Soldaten der Bundeswehr und ist untragbar geworden!

Eine ängstliche deutsche Regierung, die, aus Gründen der Staatsräson, peinliche Wahrheit von Lügen bewachen läßt und vor dem eigenen Volk versteckt, verliert ihren Anspruch das deutsche Volk zu vertreten und ist untragbar geworden!

Eine ängstliche deutsche Regierung, die, aus Gründen der Staatsräson, den deutschen Verfassungsschutz den wahnsinnig gewordenen Sicherheitsbedürfnissen der USA opfert,
eine deutsche Bundeskanzlerin oder ein deutscher Bundeskanzler, die oder der in blinder Bündnistreue den eigenen Amtseid vernachlässigt, ist untragbar geworden!

Eine ängstliche deutsche Regierung, die, aus Gründen der Staatsräson, eine deutsche Willkürjustiz, also eine Justiz neben der Justiz, zuläßt,
die eine willkürliche Auslegung der Verfassung, also ein Recht neben dem Recht, zuläßt und ein solch ungeheures Unrecht vor dem Volk versteckt, ist untragbar geworden.

Auf dem Spiel steht der deutsche Rechtsstaat!'

Um halbfünf fahre ich in die Stadt. Ich esse in der
Schönhauser Allee ein belegtes Brötchen und trinke
einen Kaffee dazu. Anschließend gehe ich ins Inter-
netcafe und spiele einige Schachpartien und ein paar
Partien Stratego. Am Abend gucke ich Raumschiff
Enterprise und einen Krimi auf ZDF Neo.

12. April 2017

Um 8 Uhr 40 stehe ich auf. Ich fahre in die BTS in die
Siegfriedstraße. Langsam trudeln die Nutzer der BTS
Pankow und der BTS Buch ein. Wir machen heute alle
zusammen einen Osterbrunch. Gegen halbzehn geht
es los. Ich schneide die Tomaten und den Mozarella
in Scheiben und lege Basilikumblätter zwischen die
Scheiben. Im großen Raum werden die Tische öster-
lich geschmückt.

Es gibt einen Osterzopf, Brötchen, verschiedene Sor-
ten Käse, unterschiedliche Scheiben Wurst, sowie
Hackfleischbällchen. Zum Nachtisch gibt es einen
Obstsalat. Nach dem Essen um 12 Uhr wird ein Spaziergang durch den Park angeboten. Nach einer Stunde sind wir wieder in der Siegfriedstraße. Jetzt gibt es
Eis mit Erdbeeren und mit Sahne. Etwa um halbzwei
bin ich in der WG. Ich mache einen Mittagsschlaf bis
um drei. Ich setze mich an den Computer im Wohnzimmer und ich finde den nächsten Eintrag am
9.8.2013. Der ist allerdings so umfangreich, dass ich
ihn in mehreren Abschnitten erzählen werde:

*„Du warst dein Leben lang ein harmloser Ahnungslo-
ser."*

„Dein Vater hat uns Mist erzählt, Alex."
„Dein ganzes Leben lang hat er uns Mist erzählt."
„Du hattest ein grausames Elternhaus."
„Ich hasse die Menschheit dafür, was dir angetan wurde."
„Du tust mir so leid, Alex."
„Ich habe noch nie einen Menschen gesehen, der sein ganzes Leben lang so belogen wurde."
„So was Krasses habe ich noch nie erlebt."
„Du wurdest - aus Versehen – zu einem Streber und Helden gemacht."
„Aus dir ist ein wahrer Held geworden."
„Du bist mein Leben lang mein Held."
„Was für Möglichkeiten du gehabt hättest!"
Gegen halbfünf fahre ich zur KBS. Der Rommetisch ist übervoll. Ich gehe ins Computerzimmer und spiele Schach im Internet. Um sechs fahre ich ins Internetcafe. Ich spiele Poker und kaufe mir ein Bier. Um kurz nach acht fahre ich in die WG. Im Fernsehen läuft ein Krimi.

13. April 2017

Schon vor acht bin ich wach. Ich schreibe Emails an drei Freunde von mir. Anschließend treffe ich mich mit Herrn Böhme auf einen Kaffee.
In der BTS Pankow bin ich eine halbe Stunde zu früh. Ich leg mich noch kurz in den Ruheraum.
Um halbzehn gibt es Brötchen mit Käse und Wurst von gestern.
Um 10 Uhr 40 geht es los zum Deutsch – Russischen – Museum in Berlin Karlshorst. Um 12 sind wir in Karlshorst. Jetzt ist es noch etwa 15 Minuten Fußweg. Mir

gefällt die Ausstellung irgendwie nicht so gut. Während meines Studiums besuchte ich einen Freund in Berlin und da war ich schon einmal in dem Museum. Damals, vor fast 20 Jahren, hat mir die Ausstellung sehr viel besser gefallen. Wieder zurück in Pankow gehen wir zu einem Bäcker und bekommen einen Kaffee ausgegeben. Um drei bin ich in der WG. Bis um vier mache ich einen Mittagsschlaf. Dann setze ich mich wieder ins Wohnzimmer an den PC. Ich schlage den 9.8.2013 auf:

„Es tut mir leid, dass wir in die USA gegangen sind."
„Wir hätten mit dir reden sollen."
„Du bist peinlich geworden."
„Das ist die peinlichste Sache der Welt."

'Peinlich kann kein Argument sein. Macht aus Deutschland keinen Staat der Wahrheit von Lügen bewachen läßt. Bringt Wahrheit ans Licht.'

„Wenn wir nicht extra nach Amerika gegangen wären, hätten wir ja darüber reden können."
„Aber du musstest ja auch gleich die modernste und geheimste Spähtechnologie der Welt entdecken."

Ich denke mir, dass die Sache mit Amerikas modernster Spätechnologie hätte geheim bleiben können. Mir ging es nur darum, dass der Verfassungsschutz zugibt, was er mir angetan hat und, dass er die Verantwortung übernimmt für die Stimmen, die ich 2012 gehört habe.

„Das ist das Blödeste, was ich je gemacht habe, einen unschuldigen, wehrlosen, liebenswürdigen und netten jungen Mann in so eine fiese Welt zu tun."
„Das tut mir leid."

„Und dann hast du auch noch den Schneid, alle beteiligten deutschen Stellen und die Bundeswehr dazu aufzurufen, in Deutschland den Rechtsstaat wieder herzustellen und wenn nötig die deutsche Außenpolitik zu ändern."

„So was Blödes ist mir noch nie passiert."

„So was Gutes, wie dich, habe ich noch nicht gesehen."

Zwischen sechs und sieben spiele ich Civilization III. Dann gehe ich in mein Zimmer und schalte den Fernseher ein.

14. April 2017

Am Morgen spiele ich Stratego im Internet und Civilization III.

Um 12 fahre ich zu meinem Bäcker in der Schönhauser Allee, wo ich für 3,59 Euro ein Frühstück bekomme. Außerdem esse ich noch ein Stück Käsetorte. Anschließend gehe ich ins Internetcafe gegenüber und spiele Poker. Kurz nach zwei fahre ich zur Evangelischen Immanuelkirche in der Prenzlauer Allee. Dort gehe ich in ein Konzert mit Arien und Chören aus 'Der Messias' von Georg Friedrich Händel. Das kostet 10 Euro und dauert eine Stunde. Um kurz nach vier bin ich wieder im Internetcafe in der Schönhauser Allee und spiele Poker. Kurz nach sechs bin ich in meiner WG. Ich setze mich ins Wohnzimmer und schlage den 9.8.2013 nach:

„Dass es so einen Streber, wie dich, geben könnte, hätte ich vorher nie für möglich gehalten."

„Du einsamer Held, du!"

„So etwas Mutiges, wie dich, habe ich vorher noch nie gesehen."

„So was Sensibles und Intuitives, wie dich, habe ich vorher noch nicht gesehen."

„Du gehst Tango tanzen und rufst zur Wiederherstellung des Rechtsstaates auf."

„So was Peinliches habe ich in meinem Leben noch nicht erleben müssen."

„Was für Möglichkeiten du gehabt hättest."

„Das tut mir wirklich leid."

„Du bist ein wunderbarer Mensch, ein Held und ein Freiheitskämpfer geworden."

„Du sollst nie wieder zurückkehren dürfen."

„Du bist der peinlichste Mensch der Welt geworden."

'Peinlich kann kein Argument sein. Verhindert ein Deutschland, das von Beamten des Verfassungsschutzes oder von Soldaten der Bundeswehr einen zynischen Dienst oder sogar einen Eidbruch verlangt.'

„Du bist das wunderbarste, netteste, intelligenteste und sensibelste Rechtsopfer der Menschheit geworden."

„Und wirst von Deutschland und den USA vor der Welt versteckt."

Um halbacht gehe ich fernsehgucken.

18. April 2017

Um 9 Uhr ruft Herr Böhme an und fragt, ob ich vor der Kochgruppe nochmal vorbeikomme. Ich bejahe dies. Um viertel vor zehn bin ich bei Herrn Böhme und erzähle, dass ich schöne Osterfeiertage bei meinen Eltern verbracht habe. Um zehn nach zehn bin ich in der KBS und melde mich für die Kochgruppe an. Ich fahre in die Stadt und hebe 20 Euro ab. In der Back – Factory esse ich ein belegtes Brötchen und beim Bäcker hole ich mir ein Schokobrötchen. Ich gehe ins Internetcafe und spiele Poker. Um halbeins bin ich wieder in der KBS. Es gibt Kartoffelbrei und verlorene Eier. Zum Nachtisch gibt es Joghurt. Ich spüle die Töpfe ab. Gegen halbzwei fahre ich in die WG. Ich mache Mittagsschlaf bis drei Uhr. Anschließend fahre ich in die Stadt zur Russischen Botschaft. Ich möchte fragen, ob ich in Rußland Asyl bekommen könnte, da ich damit rechne – wegen dieses Buches - von Deutschland an die USA ausgeliefert zu werden. Aber mir macht keiner auf.

Auf der Heimfahrt komme ich mir irgendwie ziemlich alleingelassen vor. Um fünf bin ich wieder in der WG. Ich setze mich an den PC im Wohnzimmer und schlage den 9.8.2013 auf:

'Ich erzähle den Kommentatoren von meinem Leben als Lehrer und von meinem Unterricht. Ich lade einen Unterrichtsentwurf zur Unterrichtseinheit National-sozialismus an meinem Computer. Es geht um unter-schiedliche Formen des Widerstandes gegen das Un-rechtsregime des Nationalsozialismus und um die Frage, wer eigentlich welche Möglichkeiten hatte, Widerstand zu leisten.

Ich gebe meinen Bewachern eine Hausaufgabe. Für den Monat August solltet ihr euch bitte mit folgen-den Fragen beschäftigen:

Was tut ihr in dieser Situation, um gegen Unrecht Widerstand zu leisten? Reicht es aus?

Gibt es heute vielleicht Deutsche in verantwortlicher Position beim Geheimdienst oder der Bundeswehr, die als von den USA instrumentalisierte Schafe ihren Dienst tun?

Versagen heute, angesichts massiver Verletzungen der von der Verfassung garantierten Grundrechte, wieder Eliten unter den Beamten oder unter Offizieren der Bundeswehr?'

Es herrscht nun große Aufregung unter den Kommentatoren:

„Das hätten wir niemals für möglich gehalten, dass es so einen Menschen, wie dich, gibt."

„So etwas Intuitives."

„So etwas Gutes, wie dich, habe ich in meinem Leben noch nicht gesehen."

„Ich liebe diesen Mann!"

„So einen interessanten Typen habe ich noch nie erlebt."

Zwischen sechs und acht spiele ich Civilization III. Anschließend gehe ich in mein Zimmer und schalte den Fernseher an.

19. April 2017

Um neun bin ich unterwegs zur Tagesstätte Pankow. Am Eingang bemerke ich den Stuhl mit den Blümchen. Diese sind immer noch am blühen. Nach dem Frühstück lege ich mich kurz hin. Um zehn Uhr dreißig ist Gesprächsgruppe. Wir sind nur noch zu fünft. Ich vermisse Herrn Kehla.

Nach dem Mittagessen ist Gartengruppe. Wir schleppen einen riesigen weißen Stein aus dem Vorgarten in den Ergoraum. Er ist etwa ein Meter fünfzig hoch und sieht aus wie eine Fliegerbombe aus dem zweiten Weltkrieg. Wir entfernen die weiße Farbe, die bereits am Abblättern ist.

Um halbdrei verlasse ich die BTS und fahre in die WG. Ich lege mich kurz hin. Dann setze ich mich ins Wohnzimmer und schlage mein Tagebuch von 2013 auf.

Am 14.8. finde ich den folgenden Eintrag:

„Du sollst nicht mehr wiederkehren dürfen."

„Aus dir wurde der am ungerechtesten behandelte Mensch, den es in der Geschichte der Menschheit je gab."

„Du gehst Tango tanzen. Du versuchst immer ehrlich zu sein. Du hast ständig nur gute Gedanken im Kopf."

„Das hätten wir niemals von dir gedacht, dass du ein Held werden würdest, ein Streber und ein besonders sensibler Mensch, der vor dem Rest der Welt versteckt gehalten wird, weil die Wahrheit so peinlich geworden ist."

'Jeden Tag und jede Nacht sollen meine Gedanken euren Verstand und euer Gewissen gefangen nehmen, so sehr wie ihr mich in dieser gemeinen Lügenwelt gefangen haltet.'

Gegen fünf gehe ich in die Stadt, um Geld abzuheben und eine fünfzehn Euro – Aufladung für mein Handy zu kaufen. Auf dem Rückweg hole ich mir eine Packung Duplo beim Lidl um die Ecke. Ich spiele am Abend noch Civilization III am Computer und schaue 'Wilsberg' im ZDF Neo.

20. April 2017

Morgens werde ich um fünf Uhr wach. Ich setze mich an den Computer und spiele einige Partien Schach im

Internet. Gegen sechs lege ich mich wieder hin. Um acht Uhr stehe ich auf. In der Toilette hat schon wieder jemand vergessen, die Klobürste zu benutzen. Ich spiele Civilization III. Um kurz vor neun fahre ich zur BTS in die Siegfriedstrasse.

Heute ist Ausflugsgruppe. Wir entscheiden, dass wir ins Märkische Museum gehen.

Die Ausstellung zur Stadtgeschichte Berlins finde ich interessant.

Nach dem Museumsbesuch gehen wir noch zum Bäcker einen Kaffee trinken. Ich sitze an einem Tisch mit der hübschen Praktikantin Marie und mit dem stillen Björn. Ich frage Marie, was sie nach dem Praktikum bei Albatros vorhat. Sie meint, dass sie noch ein Jahr Ausbildung machen müsse und dann Heilerziehungspflegerin wäre.

Gegen zwei verlasse ich die Gruppe und gehe in der Nähe der Eberswalder Straße eine Pizza essen. Um drei bin ich in der WG und lege mich eine halbe Stunde hin. Dann setze ich mich in das Wohnzimmer und schreibe an meinem Buch. Ich schlage den 16.8.2013 auf:

„So was Peinliches."

„Du bist zum peinlichsten Menschen der Welt geworden."

„Es tut uns leid."

„Es tut uns so leid."

„Du wurdest dein Leben lang angelogen, betrogen und benutzt."

„Du hast hier nichts verloren."

„Das ist ein furchtbares Mißverständnis."

'Warum habt ihr die Wahrheit nicht früher erkannt?'

„Weil uns so viel Blödsinn erzählt wurde, dachten wir du seist ein Irrer."

„Es tut uns leid."

„Was du für Möglichkeiten gehabt hättest!"

„Es tut uns leid, dass wir extra nach Amerika gegangen sind."

„Das wird uns unser Leben lang leid tun."

'Ich will kein „mäh" und „Amerika" mehr hören.'

„Wir dachten, wir hätten es mit einem Irren zu tun und nicht mit einem wunderbaren Menschen."

„Du bist ein Romantiker und ein feinsinniger Philanthrop. Du gehst gerne tanzen, liest Bücher, schreibst Gedichte und würdest am liebsten wieder arbeiten gehen."

„Du bist zu einem der größten Helden geworden, die es gibt."

„Du bist in diese Welt gekommen, obwohl du nichts Verbotenes gemacht hast."

„Du bist einer der liebenswürdigsten und klügsten Männer, die ich kennengelernt habe."

„Du bist einer der größten Streber und hellsten Menschen geworden, die es gibt."

„Und wir dachten, wir müssten deine Freundinnen vor dir beschützen."

„Die Amerikaner haben erkannt, was für ein Potential in dir steckt und, dass du Professor hättest werden können."

„Das ist den Amerikanern superpeinlich geworden."

„Es tut uns leid, was wir deiner großen Liebe angetan haben."

Ich gehe Duplo, Butterkekse und eine Pepsi Light einkaufen. Anschließend spiele ich Civilization III. Gegen sieben gehe ich in mein Zimmer und schreibe an dem Tagebuch von 2013.

Danach schaue ich 'Polizeiruf' an.

21. April 2017

Um halbzehn bin ich in der S Bahn nach Buch. Dort habe ich um zehn Uhr fünfzehn einen Termin bei meinem Psychiater Herrn Banter. Glücklicherweise muss ich heute nicht lange warten. Herr Banter möchte, dass ich demnächst ein EKG mache. Er schreibt das in eine Überweisung an meine Hausärztin.

Nach dem Arztbesuch gehe ich drei belegte Brötchen essen. Dann fahre ich zur Schönhauser Allee. Ich gehe ins Internetcafe und schlage die Zeit mit Pokerspielen tot. Gegen eins fahre ich zum Alexanderplatz. Zum Mittagessen gehe ich ins 'Wandel'.

Um zwei bin ich wieder in der WG. Bis drei mache ich einen Mittagsschlaf. Anschließend gehe ich ins Via – Büro und treffe Herrn Böhme. Wir machen einen Brief ans Jobcenter mit der Arbeitsunfähigkeitsbescheinigung von Herrn Banter fertig. Wieder in der WG setze ich mich an den Computer. Ich entscheide vom 17.8. in zwei Abschnitten zu berichten:

„Dein ganzes Leben lang haben wir dafür gesorgt, dass du gedemütigt wirst."

„Aus Versehen bist du ein Streber geworden."

„Aus Versehen ist aus dir ein Superstreber geworden."

„Wir behinderten dich von Kindheit an mit allen zur Verfügung stehenden Mitteln. Du hast so ein krasses Durchhaltevermögen gehabt! Wie hast du das nur gemacht?"

„Das war gemein."

„Was wir dir angetan haben, tut uns furchtbar leid."

„Du sollst nie mehr wiederkehren."

„Aus dir ist der am ungerechtesten behandelte Mensch der Erde geworden."

„Du bist der wunderbarste und verantwortungsvollste Typ, den ich kenne."

„Und wir haben dich seit deiner Kindheit verfolgt und behindert."

„Das tut mir in der Seele weh."

„Das wird mir mein Leben lang leid tun."

„Du hättest ein glückliches und sorgenfreies Leben verdient."

Ich spiele Civilization III. Anschließend arbeite ich weiter an dem Tagebuch von 2013.

Um halbsieben fahre ich zum Clubabend meines Schachvereins. Es wird gegrillt. Ich esse eine Wurst und dazu Kartoffelsalat. Gegen halbacht wird die letzte Runde der Vereinsmeisterschaft gespielt. Ich spiele gegen den kleinen Valentin. Ich kann die Partie schnell gewinnen. Ich esse noch ein paar von den köstlichen Oliven. Dann gehe ich nach Hause.

22. April 2017

Um 9 Uhr stehe ich auf. Ich setze mich gleich ins Wohnzimmer an den zweiten Teil vom 17.8.:

'Ich denke einen Aufruf zum Widerstand: Sollten Offiziere der Bundeswehr beteiligt sein und das hier hören oder lesen, rufe ich weiterhin zur Befehlsverweigerung bei Befehlen auf, die Artikel 1 des Grundgesetzes verletzen und die nicht der deutschen Verfassung entsprechen!

Sollten Beamtinnen und Beamte des Verfassungsschutzes mir zuhören oder dies hier lesen, fordere ich weiterhin zum Widerstand gegen eine zynische Machtpolitik sowie zur Wiederherstellung des deutschen Rechtsstaates auf!

„Du bist ein wunderbarer Mensch geworden."

„Du hattest grausame Eltern."

„Die haben uns Mist erzählt."

„Du hattest mit grausamen Trittbrettfahrern zu tun."

„Tut uns leid, dass wir diesen Blödsinn geglaubt haben."

„Du warst ein völlig ahnungsloser und wehrloser Mann."

„Wir wußten nicht, was für ein brillianter Denker du geworden bist."

„Wir hätten mit dir reden sollen."

„Wir redeten mit Leuten, die dein Niveau bei Weitem unterschreiten."

„Das tut uns so was von leid."

„Das ist der schlimmste Fehler, den wir je gemacht haben."

Im Anschluß spiele ich noch ein wenig Civilization III. Dann gehe ich in die Schönhauser Allee zum Frühstücken. Nach dem Frühstück gehe ich in das Internetcafe gegenüber und spiele noch ein paar Partien Schach. Gegen halbzwei mache ich mich auf den Weg zur Therme am Europacenter. Ich bin rechtzeitig da, um noch den Aufguß um drei Uhr mitmachen zu können. Gegen halbacht verlasse ich die Therme. Am Bahnhof Pankow hole ich mir im Kiosk noch ein belegtes Brötchen und ein Bier.

23. April 2017

Um acht bin ich schon wach. Ich stehe auf und spiele Civilization III. Kurz nach neun gehe ich los zum Gottesdienst im Berliner Dom. Heute bin ich pünktlich. Die Predigt ist nicht schlecht aber haut mich auch nicht vom Hocker. Auf dem Rückweg regnet es. In der Nähe der Eberswalder Straße esse ich eine Pizza. Wieder in der WG lege ich mich erst mal hin und mache einen Mittagsschlaf. Gegen drei gehe ich ins Wohnzimmer. Ich schlage den 21.8.2013 auf:

„Du warst die ganze Zeit so was von ahnungslos.“

„Und jetzt bist du ein Held geworden.“

„Wir dachten du seist ein Abenteurer.“

„Wir dachten du seist verantwortungslos.“

„Wir dachten du seist verrückt geworden.“

„Wir dachten du seist eine Bedrohung für die Bevölkerung.“

„Die Amerikaner haben einen tragischen Helden aus dir gemacht.“

„Aus dir ist ein Streber und ein Held geworden.“

„Es tut mir leid.“

„Das tut uns wirklich leid.“

„Was in deinem Fall einem völlig harmlosen Ahnungslosen angetan wurde, ist die ungerechteste Sache der Welt.“

„Tut mir leid.“

„Das tut uns leid.“

„Deine Eltern haben uns Mist erzählt.“

„Du gehörst wirklich nicht in diese Welt.“

„Es tut uns leid, dass wir dir deine Gefühle nicht abgenommen haben.“

Um 16 Uhr fahre ich zur Warschauer Strasse. Die Straßenbahn ist voll. So viele schöne Frauen und ich darf nicht.

Ich gehe ins 'Michelberger' und lese im 'Nachtzug nach Lissabon'. Auf dem Rückweg kaufe ich mir noch ein belegtes Baguette. Wieder in der WG schalte ich den Fernseher an.

24. April 2017

Gegen halbneun bin ich unterwegs zur BTS nach Buch. Nach dem Frühstück gehe ich mit Georg zum Einkaufen. Anschließend helfe ich beim Schälen und Schneiden der Kartoffeln. Ich lege mich kurz hin. Zum Mittagessen gibt es Kartoffel mit Sauerkraut und Bratwurst. Nachdem Mittagessen fällt die Literaturgruppe aus. Ich gehe in die Bewegungsgruppe und nehme an einem Spaziergang teil.

Um drei bin ich in der KBS Pankow. Ich setze mich an den Rommetisch. Gegen fünf gehe ich ans Internet. Kurz nach sechs bin ich in der WG. Ich entscheide mich vom 23.8.2013 in zwei Teilen zu berichten:

„Es tut uns wirklich leid, dass wir dir nicht geglaubt haben, obwohl du immer ehrlich gewesen bist."

„Wir hatten dumme Vorurteile."

„Das tut uns wirklich leid."

„Du gehörst nicht in diese Welt."

„Du hast mit all dem nichts zu tun."

„Du bist in dieser Welt, obwohl du nichts Schlimmes gemacht hast."

„Es tut uns wirklich leid, dass wir deinen Eltern geholfen haben, einen Behinderten aus dir zu machen."

Am Abend schaue ich fernseh.

25. April 2017

Um 10 Uhr bin ich in der KBS Pankow und zahle drei Euro für das heutige Essen. Der Raum mit dem Computer ist besetzt. Ich fahre zum Internetcafe. Um Viertel nach zwölf bin ich wieder in der KBS. Es gibt Kesselgulasch. Das Gulasch schmeckt mir sehr gut. Ich hole zweimal nach. Anschließend wasche ich die Töpfe ab.

Wieder in der WG mache ich Mittagsschlaf. Kurz vor drei wache ich auf. Mir wird klar, wieviel ich verloren habe. Schnell aufstehen und an was Anderes denken. Ich setze mich an mein Buch. Ich schlage den 23.8.2013 auf:

'Ich habe im Glauben an den deutschen Rechtsstaat fast fünf Jahre mit Leidenschaft und Hingabe u.a. Geschichte und Politische Bildung unterrichtet und ich habe an diesen Rechtsstaat geglaubt und diesen Glauben und dieses Vertrauen versucht weiterzugeben und ihr tretet das, woran ich glaubte und wofür ich eintrat jeden Tag mit Füßen!
Ich habe so viele Freunde und Bekannte gehabt, die gewußt und gespürt haben müssen, wofür ich mit ganzer Überzeugung eintrete und streite und lebe. Ihr müsst tief geschlafen haben, Freunde der Nacht. Wenn jetzt Verantwortliche vor der Wahrheit Angst haben, dann stimmt etwas mit der Welt nicht, in der ihr euch befindet und es ist eure historische Chance, etwas an dieser falschen, womöglich zynisch gewordenen, Welt zu ändern! Wartet nicht zu lange! Ich habe Vertrauen in euch, dass es euch nicht läßt.'

*„Wir dachten, wir hätten es mit einem dummen An-
geber zu tun."*
*„Wenn wir gewußt hätten, was für ein wundervoller
Mensch du bist, hättest du mit Lucia zusammen sein
können."*
Ich arbeite noch an dem Tagebuch von 2013. Anschließend schaue ich TV.

26. April 2017

Um 9 Uhr bin ich auf dem Weg zur BTS Pankow. Nach
dem Frühstück ist Gesprächsgruppe. Die geht heute
nur bis 11 Uhr dreißig. Um halbzwölf gehen wir alle
zu einer Vernisage im Gesundheitsamt von Pankow.
Dort werden Gemälde der Gruppe Ölmalerei von Albatros ausgestellt. Es gibt außerdem Häppchen und
Getränke umsonst. Um die Ölmaltechnik zu demons-
trieren, malt Felix ein Bild vor den versammelten Gäs-
ten. Ich wundere mich, wie leicht man schneebedeck-
te Berge hinbekommt. Gegen halbzwei mache ich
mich auf den Weg in die WG. Ich lege mich bis drei
Uhr hin. Um drei werde ich wach und mir wird be-
wußt, dass ich keine Familie und keine Arbeitsstelle
habe. Nicht darüber nachdenken! Ich gehe in die KBS
Pankow. Der Rommetisch ist besetzt. Ich gehe an den
Computer und spiele einige Schachpartien im Netz.
Um sechs Uhr fahre ich in die WG. Ich gehe ins
Wohnzimmer und schlage den 24.8.2013 auf:
*„Es tut uns leid, dass wir dir deine Tangopartnerin und
Geliebte Stephanie weggenommen haben."*
*„Es tut uns leid, dass du so viel Persönlichkeit entwic-
kelt hast."*

„Es tut uns leid, dass du als Lehrer deinem Land dienen wolltest."

„Es tut uns leid, dass du ein Verfassungspatriot geworden bist."

„Wir hätten mit dir reden sollen. Dann wären wir nicht extra nach Amerika."

„Du hättest ein sorgenfreies Leben mit deiner Lucia verdient gehabt."

„Du hättest Professor werden können."

„Du wärst ein guter Politiker geworden."

„Du hättest Tangolehrer werden können."

„Und wir sind extra in die USA gegangen, um dich zu verarschen."

„Du bist echt ein Held, du."

'Übernehmt endlich eure Verantwortung. Die Rolle, die ich für euch in dieser Geschichte vorgesehen habe, ist eine andere Rolle, als die Rolle einer blöckenden Schafherde [„Tut uns leid" und „Amerika"]. Ich spüre, ihr wollt unter die Verantwortung, die ihr tragt, unter euer Dilemma und euer Unwohlfühlen selbst auch einen Schlußstrich ziehen. Macht es! Ihr werdet die Möglichkeit haben, Wahrheit in der realen Welt zum Vorschein zu bringen, statt euch weiter jeden Tag als Totengräber der deutschen Verfassung fühlen zu müssen.*

Ihr habt die Möglichkeit mehr aus eurem Leben zu machen. Das hat etwas mit Mut zum Sein zu tun.'

Gegen sieben schalte ich den Fernseher ein.

27. April 2017

Heute ist Ausflugstag und wir entscheiden nach dem Frühstück, dass wir ins Spionagemuseum gehen wollen. Der Eintritt kostet uns acht Euro pro Person. Das ist viel Geld. Daher gibt es heute keinen Kaffee nach dem Museumsbesuch. Das Spionagemuseum finde ich interessant.

Wieder in der WG mache ich meinen Mittagsschlaf bis etwa drei Uhr. Dann setze ich mich an das Tagebuch von 2013. Gegen fünf gehe ich ins Internetcafe und spiele einige Partien Schach. Gegen sieben bin ich wieder in der WG. Ich setze mich an den 25.8.2013. Weil der Eintrag so lang ist, werde ich wieder in mehreren Teilen berichten:

„Dein Vater war ein Schißer und ein mieses Arschloch, Alex."

„Das tut uns wirklich leid."

„Was für Möglichkeiten du – mit all deinen besonderen Fähigkeiten – in der Wirklichkeit gehabt hättest."

„Jemand mit deinem Hintergrundwissen. Diesen Möglichkeiten sich auszudrücken. Der so ein Durchhaltevermögen hat. Der so eine Persönlichkeit entwickelt hat."

„Es tut uns wirklich leid, dass wir zu den Amerikanern sind und einen Deppen aus dir gemacht haben.

„Diese Welt ist eigentlich für den Antiterrorkampf gedacht und nicht für einen der hellsten Köpfe der Bevölkerung, der Lehrer war, weil er seinem Land dienen wollte und der hier zum Tangotänzer wird, in die Literaturgruppe und die Musikgruppe geht, Gedichte und lustige Kängurugeschichten schreibt."

„Die Amerikaner haben einen Helden aus dir gemacht."

„So was Gutes, wie dich, gibt es nicht noch einmal."

„Es tut uns wirklich unglaublich leid, dass wir aus dem größten Streber des Landes, einen Arbeitslosen und einen Deppen gemacht haben."

„Es tut uns leid, was wir Lucia angetan haben."

„Wir helfen deinem Vater, der ein durchgeknallter Stalker und Neidhammel war, aus seinem Sohn einen Deppen zu machen."

„So was Gemeines."

„Du hast nichts falsch gemacht in deinem Leben."

„Du warst einfach nur ein Ahnungsloser, der einen bösen Vater, eine doofe Mutter und einen bescheuerten Nachbarn hatte."

„Du hattest einfach nur sehr viel Pech!"

Ich denke mir, dass ich schon sehr viel Pech hatte. Um acht gehe ich fernseh gucken.

28. April 2017

Um halbzehn gehe ich zu meinem Zuverdienst in die Erich Weinert Straße. Es ist nicht viel los und ich mache mir einen Kaffee und lese Zeitung. Zum Mittagessen gehe ich – wie jeden Freitag – ins 'Wandel' in der Nähe vom Alexanderplatz. Wieder in der WG lege ich mich hin. Bis drei mache ich einen Mittagsschlaf. Um drei treffe ich mich mit Herrn Böhme. Herr Böhme hat eine neue Zuverdienstmöglichkeit rausgesucht. Bürotätigkeit bei 'Die Biber' in der Nähe der S Bahnstation Wollankstraße. Ich setze mich ins Wohnzimmer und schlage den 25.8.2013 auf:

„Wir dachten du seist ein blöder Angeber und wir brauchten die besonderen Möglichkeiten der Amerikaner, um zu begreifen, was für ein genialer Typ du warst."

„Den Amerikanern ist die Sache furchtbar peinlich geworden. Die haben herausgefunden, dass du das Zeug zu nem Professor an einer amerikanischen Eliteuniversität gehabt hättest, dass du dein Leben lang von der großen Liebe geträumt hast, dass du ein friedlicher Philanthrop und ein protestantischer Christ warst."

„Die Amerikaner haben einen Helden aus dir gemacht."

„Es tut uns wirklich leid, dass wir extra nach Amerika gehen mussten, um zu begreifen, dass der Verfassungsschutz einen Superstreber und einen Helden aus dir gemacht hat."

„So einen Streber, wie dich, habe ich noch nicht gesehen in meinem Leben."

„Jemand, der so ein aktives Gehirn hat, haben wir noch nicht gesehen."

„So einen liebevollen und friedlichen Menschen, wie dich, haben wir noch nicht gesehen."

„Wir haben einen riesengroßen Fehler gemacht, als wir extra nach Amerika gegangen sind, um so einen netten, liebenswürdigen und humorvollen Streber in so eine fiese und gemeine Welt zu bringen."

„Der deutsche Inlandsgeheimdienst verarschte jahrelang mit großem Aufwand einen der hellsten Köpfe der Bevölkerung und macht schließlich aus einem Akademiker, mit einem besonders umfangreichen Hintergrundwissen, einen arbeitslosen Deppen."

„So was Peinliches hat es noch nie gegeben."

„Das ist der größte Justizskandal der Bundesrepublik Deutschland."

Ich arbeite noch etwas an meinem Tagebuch von 2013. Dann schaue ich fernseh.

2. Mai 2017

Um halbzehn bin ich unterwegs zur KBS Pankow. Auf dem Weg kaufe ich zwei Schokobrötchen. Eins esse ich gleich und das zweite zu einer Tasse Kaffee in der KBS. Ich bezahle meine drei Euro und setze mich in den Computerraum. Ich spiele einige Partien Schach. Um zwölf Uhr dreißig ist das Essen fertig. Es gibt Chinapfanne. Das Essen schmeckt gut. Ich hole mir nach. Nach dem Essen wasche ich die Töpfe ab.

Wieder in der WG mache ich einen Mittagsschlaf. Dann rufe ich bei der Zuverdienstmöglichkeit an, die Herr Böhme rausgesucht hat. Mit einer Frau Fuchs vereinbare ich einen Besichtigungstermin für morgen Vormittag. Ich setze mich an den 25.8.2013:

'Mit großer Leidenschaft erkläre ich heute, dass die Farben Schwarz – Rot – Gold die Farben der patriotischen deutschen Freiheitsrechtskämpfer gewesen sind, die in der ersten Hälfte des 19. Jahrhunderts gegen gemeine Polizeistaatlichkeit und geheime Willkürjustiz protestierten und, dass bei der deutschen Revolution von 1848 die Bürger mit schwarz – rot – goldenen Fahnen auf ihren Barrikaden dem Militär gegenüberstanden mit der Idee einer konstitutionellen deutschen Nation und eines deutschen Rechtsstaates mit einer unabhängigen Gerichtsbarkeit, die kein deutscher Geheimdienst unterlaufen können sollte.'

Laute Stimmen. Es hört sich nach allgemeiner Zustimmung an.

„So was Intuitives.“
„So was Gutes.“
„So was Krasses, wie dich, habe ich noch nicht erlebt.“
„So was Gutes haben wir noch nicht gehört.“
„Du hättest Richter werden können.“
„Du hättest in den Bundestag gehört.“
„So was haben wir noch nie erlebt.“
'Ihr seid meine Hoffnung!
Eure Bereitschaft Verantwortung zu übernehmen!
Euer Mut ist jetzt meine Hoffnung!
Ich traue euch das zu!

Ich erzähle euch von dem, was mich ausmachte.
Ich erzähle euch von der Verantwortung, die ich
übernommen habe in meinem Leben.
Und ich hoffe bei euch die Bereitschaft zu entwi-
ckeln, endlich Verantwortung zu übernehmen.

Verantwortlich seid ihr letztlich eurem gesunden
Denken gegenüber, das nicht vom Gift einer zynischen Politik verseucht ist, und demjenigen gegenüber, an was ihr glaubt, nennt es Gott oder Tiefe des
Seins oder wie immer ihr es bezeichnen wollt!

Ich werde euch an eure Verantwortung gegenüber
den Farben Schwarz – Rot – Gold erinnern und ich
werde euch auffordern in eurem Leben >Mut zum
Sein< zu haben.'

3. Mai 2017
Um 9 Uhr dreißig gibt es Frühstück in der BTS Pankow. Nach dem Frühstück verlasse ich die BTS und-

fahre zum S Bahnhof Wollankstraße. Ich finde schnell 'Die Biber'. Kurz muss ich auf Frau Fuchs warten. Dann stellt sich schnell heraus, dass 'Die Biber' nur Zuverdienst für Interessenten aus dem Bezirk Mitte anbieten. Auf dem Rückweg gehe ich noch beim Rathaus Pankow vorbei, wo ich mir den Berlinpass verlängern lasse. Zum Mittagessen bin ich wieder in der BTS. Gleich nach dem Mittagessen fahren wir zur Reise AG nach Buch. Wir wollen Ende Juni für knapp eine Woche in den Harz verreisen. Kurz nach drei bin ich in der KBS Pankow. Der Rommetisch ist besetzt. Das Computerzimmer wird auch gebraucht. Ich gehe in ein Internetcafe. Ich habe meinem Vater versprochen, dass ich mich wegen Flügen nach Portugal erkundige. Von Berlin aus kann man mit Ryan Air im Juni für etwa 80 Euro nach Lissabon fliegen. Ich spiele Schach. Gegen sechs bin ich in der WG. Ich lese am 26.8.2013:

„Es tut uns leid, dass wir deinen Eltern geholfen haben, einen Idioten aus dir zu machen."

„Es tut uns leid, dass du nicht mehr zurückkehren dürfen sollst."

„Dass wir einen harmlosen Ahnungslosen zum Deppen gemacht haben, tut mir echt leid."

„Was du in der richtigen Welt für Möglichkeiten gehabt hättest."

„Es tut uns wirklich leid, dass wir aus einem der hellsten Köpfe der Bevölkerung, der hätte Professor werden können, einen Deppen gemacht haben."

„Das tut uns wirklich sehr leid."

„Du bist der am unfairsten behandelte Mensch der Welt."

Anschließend schaue ich fernseh.

4. Mai 2017

Heute ist Ausflugstag. Nach dem Frühstück geht es zum Bowlingcenter am Alexanderplatz. Dort treffen wir uns mit den Buchern. Ab und zu gelingt mir ein 'Strike'. Oft aber ist es so, dass die Kugel, wenn man sich besonders anstrengt, daneben geht. Das finde ich ärgerlich.

Kurz vor zwei verlassen wir das Bowlingcenter. Ich gehe zum Mittagessen ins 'Wandel'.

Gegen drei treffe ich mich mit Herrn Böhme. Ich sage ihm, dass 'Die Biber' nur Zuverdienst für Leute aus dem Bezirk Mitte anbieten.

Anschließend lege ich mich hin. Um vier stehe ich auf und setze mich an mein Tagebuch. Ich schlage den 28.8.2013 auf:

„Du hattest grausame Eltern."

„Es tut uns leid."

„Es tut uns leid, dass wir aus dir einen Idioten gemacht haben."

„So einen Streber, wie dich, habe ich noch nicht gesehen."

„So was Gutes, wie dich, habe ich noch nicht gesehen."

„Was für besondere Fähigkeiten du hast."

„Was für Möglichkeiten du gehabt hättest."

„So etwas Ungerechtes."

„Dass wir hier einen völlig harmlosen, friedlichen Typ bewachen müssen, ist die ungerechteste Sache der Welt."

Am Abend gehe ich in mein Zimmer und schalte den Fernseher an.

5. Mai 2017

Heute fällt der Zuverdienst in der Erich Weinert Straße aus. Ich gehe um kurz vor zehn zur Frühstücksgruppe. Ich bestelle zwei Roggenbrötchen, Hackfleisch und ein Ei. Ich setze mich an den Computer und spiele ein paar Partien Schach. Um halbzwölf ist der Tisch reichlich gedeckt. Statt einem hart gekochten Ei gibt es heute Rührei. Nach dem Frühstück fege ich den Frühstücksraum und ich wische die Tische. Dann gehe ich ins Internetcafe. Dort spiele ich Stratego. Zum Mittagessen fahre ich zur Eberswalder Straße. Ich esse eine Pizza. Anschließend fahre ich wieder zu einem Internetcafe. Bis fünf spiele ich Stratego. Dann fahre ich zur WG. Das Wohnzimmer ist besetzt. Ich arbeite weiter an dem Tagebuch von 2013. Um 18 Uhr schaue ich SOKO Wien im Fernsehen. Kurz nach sieben setze ich mich an den Computer. Ich schlage den 29.8.2013 auf:

„Es tut uns leid, dass wir deine Freundinnen vergrault haben."

„Es tut uns leid, dass wir zu deinem Professor gegangen sind."

„Es tut uns leid, dass wir deine Promotion verhindert haben."

„Was du für Möglichkeiten gehabt hättest!"

„Wir dachten du seist ein Hochstapler."

„Wenn wir gewußt hätten wieviel Persönlichkeit du entwickelt hast."

„Welche Möglichkeiten du gehabt hättest!"

Kurz nach acht mache ich den Fernseher an.

    6. Mai 2017

Um halbzehn setze ich mich ins Wohnzimmer. Am 2.9.2013 habe ich für die Deutschen, mit denen ich es zu tun habe, eine Hausaufgabe für den Monat September formuliert:

'Überlegt euch mal, ob Deutschland im Gefolge der USA oder eines Bündnisses nicht derzeit das Prinzip der Rechtsstaatlichkeit aufgibt!

Wird in der Begründung einer solchen Politik nicht zynisches Machtdenken kultiviert?

An die beteiligten deutschen Staatsbürger und Beamte: Worauf sollte sich die deutsche Politik gründen?

An jeden einzelnen Menschen, der dies hört oder liest:

Wem gegenüber seid ihr verantwortlich?!?

Eurem Gewissen gegenüber? Eurem gesunden Menschenverstand gegenüber? Einem Vorgesetzten gegenüber? Amerika gegenüber?

Wie steht ihr zum Grundgesetz? Wie steht ihr zum Ideal der Rechtsstaatlichkeit? Wie steht ihr zum Ideal der unverletzlichen Würde jeden Menschens?'

Ich habe außerdem am 2.9.2013 folgende Überzeugung formuliert:

'Ich glaube, dass in dieser Situation jedem von euch in der Realität lebenden Deutschen ein historischer Ruf zukommt.

Er lautet: Legt Wahrheit offen, habt Mut, rettet den deutschen Rechtsstaat, laßt Gerechtigkeit walten!'

Gegen elf fahre ich zur Schönhauser Allee, um dort zu frühstücken. Anschließend gehe ich ins Internetcafe, wo ich einige Partien Stratego und einige Schachpartien spiele. Um kurz vor zwei fahre ich zur Therme am Europacenter. Ich erinnere mich, wie ich 2013 mit Stephanie hier gewesen bin. Ich fühle mich allein. Gegen sieben verlasse ich die Therme. Beim Bahnhof Zoologischer Garten gehe ich zu Curry 36 und esse eine Currywurst. Außerdem kaufe ich mir noch ein Bier.

7. Mai 2017

Am Morgen fahre ich zum Berliner Dom. Ich bin um kurz nach zehn dort. Heute ist ein Gottesdienst mit einer Taufe. Die Predigt ist nicht schlecht. Haut mich aber nicht vom Hocker.

Nach dem Gottesdienst gehe ich in der Kastanienallee eine Pizza essen. Wieder in der WG mache ich erst mal einen Mittagsschlaf. Gegen zwei setze ich mich ins Wohnzimmer.

Ich schlage den 3.9.2013 auf:

„Du hast immer nur sinnvolle Gedanken."

„So was Gutes, wie dich, habe ich noch nicht gesehen."

„Es tut uns leid, dass wir dich zu spät ernst genommen haben."

„Was für Möglichkeiten du gehabt hättest."

„Du hast gar nichts Schlimmes gemacht."

„Wir wußten nicht, dass du ein lieber Streber bist."

„Dass du nicht zurückkehren darfst, ist total unfair."

Gegen vier fahre ich zur Warschauer Straße. Die Sonne scheint. Ich gehe runter zur Oberbaumbrücke. Ich kaufe mir ein Eis. Im 'Michelberger' bestelle ich mir einen Kaffee. Ich lese kurz im 'Nachtzug nach Lissabon'. Dann fahre ich wieder zurück in die WG. Um sieben bin ich wieder in meinem Zimmer und schalte den Fernseher ein.

8. Mai 2017

Um kurz vor neun fahre ich in die BTS nach Buch. Nach dem Frühstück ist nichts los und ich leg mich hin. Ich stehe auf und teile die Teller und das Besteck fürs Mittagessen aus. Es ist immer noch nichts los. Ich lege mich wieder in den Ruheraum.

Kurz nach 12 bin ich wieder in dem Raum, wo das gemeinsame Essen stattfindet. Ich lese im 'Nachtzug nach Lissabon'. Nach dem Mittagessen findet die Literaturgruppe statt. Wir lesen immer noch in 'Von Tigern und Menschen' und die Sätze sind immer noch komisch ineinander verschachtelt.

Im Anschluß fahre ich in die KBS Pankow. Der Rommetisch ist voll und ich gehe ins Internet. Dort spiele ich ein paar Partien Schach. Gegen sechs verlasse ich die KBS. Wieder in der WG setze ich mich an das Tagebuch und lese den 4.9.2013:

„Du bist ein wunderbarer Mensch geworden.“

„Du hättest mit Lucia ein neues Leben anfangen können.“

„Du hättest mit Stephanie ein neues Leben anfangen können.“

„Es tut uns leid, dass wir aus einem harmlosen Akademiker einen Deppen gemacht haben.“

„Wir wußten nicht, mit was für einem genialen Menschen wir es zu tun haben.“

„Es tut uns schrecklich leid, dass wir einen arbeitslosen Deppen aus dir gemacht haben."

„Du sollst dein Leben lang ein arbeitsloser Held bleiben."

„Das tut uns sehr leid."

„Wir haben schreckliche Fehler gemacht"

'Vor wem seid ihr verpflichtet? Einem Vorgesetzten gegenüber? Amerika gegenüber? Einer rechtsbrecherischen Politik gegenüber?

Oder vielleicht der deutschen Verfassung gegnüber?

Oder vielleicht eurem gesunden Menschenverstand und eurem Gewissen gegenüber?

Ich sage, dass es keinen Krieg geben wird, wenn in dieser Angelegenheit etwas Wahrheit ans Licht kommt.'

„Tut uns leid."

„Tut uns wirklich leid, dass wir dich zu spät erst ernst genommen haben."

„Tut uns wirklich leid, dass wir nicht mitbekommen haben, dass du zu einem Streber geworden bist."

„Wir dachten du seist ein Angeber."

„Wir haben schreckliche Fehler gemacht."

Ich gehe in mein Zimmer und schalte den Fernseher an.

9. Mai 2017

Am Morgen gehe ich um kurz vor zehn in die KBS. Ich zahle drei Euro. Das Computerzimmer ist besetzt. Ich gehe ins Internetcafe und spiele etwas Stratego und Schach im Internet. Kurz vor halbeins bin ich wieder in der KBS. Es gibt leckeren Linseneintopf. Es ist schon gespült. Ich kann nach dem Essen direkt nach Hause gehen. Ich lege mich hin. Gegen drei setze ich mich ins Wohnzimmer. Ich schlage den 6.9.2013 auf:

„Es tut uns leid, dass wir dir deine Jugend versaut haben."

„Du warst schon dein Leben lang besonders begabt."

„Tut uns sehr leid."

„Was du für Möglichkeiten gehabt hättest."

„Dein Vater hat dich vor Lucia lächerlich gemacht."

„Dein Vater hat dafür gesorgt, dass Lucia sich von dir getrennt hat."

„Und wir halfen ihm dabei."

„Wir dachten, dass du ein Angeber und Idiot bist."

„Tuuut uns leid."

„Tut uns leid."

„Tut mir wirklich leid für dich."

„Was für Möglichkeiten du gehabt hättest."

„Wenn wir nicht extra in die USA gegangen wären, hätten wir dir ja helfen können."

Ich gehe ins Internetcafe und spiele Schach.

Am Abend gucke ich fernseh.

10. Mai 2017

Um kurz nach acht wache ich auf. Wir haben Mittwoch und ich gehe zu meinen Gefängnisgruppen. Ich meine, es ist besser als nichts zu tun zu haben. Aber es ist halt auch nicht mehr. Es ist alles Andere als eine erfüllende Tätigkeit. Nach dem Frühstück ist Gesprächsgruppe. Wir sind heute nur zu viert. Frau Kissinger ist heute nicht da. Nach dem Mittagessen ist Gartengruppe. Ich helfe beim Umtopfen der Tomaten. Dann helfe ich beim Unkrautzupfen im Vorgarten.

Wieder in der WG mache ich zwischen drei und vier einen Mittagsschlaf. Dann gehe ich zum Lidl und kaufe mir Butterkekse und Duplo und eine Pepsi Light. Zurück in der WG nutzt mein Mitbewohner den Computer. Ich gehe ins Internetcafe und spiele ein paar Partien Stratego.. Um sechs bin ich wieder in der WG. Am 7.9.2013 nahm ich an der Demonstration 'Freiheit statt Angst', die sich gegen einen Überwachungsstaat richtete, teil. In meinem Zimmer habe ich einen Flyer der Demo aufgehängt, auf den ich den Text eines Plakates geschrieben habe:
'Jede Person, die einer Straftat angeklagt ist, gilt bis zum gesetzlichen Beweis ihrer Schuld als unschuldig. '
Um kurz nach sieben schaue ich auf Tele5 'Raumschiff Enterprise. Das nächste Jahrhundert."

11. Mai 2017

Um neun stehe ich auf. Ich setze mich ins Wohnzimmer an mein Buch. Ich schlage den 8.9.2013 auf:
'Es gab in Zeiten, wo staatlicherseits großes Unrecht durchgesetzt werden sollte, immer auch Widerstand!
Ich weiß, worauf ich hoffe!
Ich glaube nicht, dass ihr euch von zynischer Machtpolitik vereinnahmen laßt!
Was auch immer euer Beruf ist und eure Vorgesetzten fordern und womit sie auch drohen, ihr habt euer eigenes Gewissen und euren Mut und euren gesunden Menschenverstand.

Ich sage: Es wird Gelegenheiten geben! Gelegenheiten werden machbar sein!!
Jetzt ist der historische Zeitpunkt!
Ihr könnt euch bei eurem Handeln auf die Verfassung, auf die Menschenrechte und auf euren gesunden Menschenverstand berufen'.

Um kurz vor elf gehe ich frühstücken in der Schönhauser Allee. Um 12 Uhr bin ich in der BTS Pankow. Die Betreuer haben Nudeln mit Tomatensauce für uns gekocht. Nach dem Essen geht es ins Kino in der Schönhauser Allee. Ich gehe in 'Der junge Karl Marx'. Um halbfünf verlasse ich das Kino und gehe noch ein paar Schachpartien im Internetcafe zocken. Um kurz nach sieben bin ich in meiner WG und schalte Tele5 an.

15. Mai 2017

Um halbzehn frühstücken wir in der BTS in Buch. Sofort nach dem Frühstück verlasse ich die BTS und gehe zum Second Hand Laden von Albatros in Buch. Dort treffe ich die Ergotherapeutin Claudia mit der ich mich etwa 20 Minuten unterhalte und mit der ich vereinbare, dass ich Freitag in der nächsten Woche zur Probe vorbeikomme. Zurück in der BTS ist in der Küche nichts los und ich lege mich in den Ruheraum. Nach dem Mittagessen ist wieder Literaturgruppe und wir lesen immer noch in 'Von Tigern und Menschen'. Um halbdrei verlasse ich die BTS in Buch und fahre zur WG. Ich treffe mich mit Herrn Böhme im Via – Büro. Ich erzähle ihm vom Zuverdienst und davon, dass mein Vater in dieser Woche vorhat, einen Urlaub in Portugal für meine Eltern und mich zu buchen.

Ich gehe in die WG, setze mich ins Wohnzimmer und schlage den 9.9.2013 auf:

„Der Bundesverfassungsschutz verarscht einen der hellsten Köpfe der Bevölkerung sein Leben lang."
„Was für Möglichkeiten du gehabt hättest."
„Du hättest Prof werden können."

Ich erinnere mich:
„Dein Professor wollte einen Professor aus dir machen. Er hatte sogar schon einen Zeitplan."

„Das tuut uns leid."
„Wir haben dich dein Leben lang behindert."
„So was Unfaires, wie du dein Leben lang behandelt wurdest."
„So was Krasses!"
„Wir verarschen einen völlig ahnungslosen und harmlosen Streber sein ganzes Leben lang."
„Der Verfassungsschutz hat einen Helden aus dir gemacht."
„Was für Möglichkeiten du gehabt hättest."
„Ein Mann mit solchem Durchhaltevermögen."
„Für mich bist du ein Held. Mein ganzes Leben lang."
„Du bist wirklich unser Held."
„Wir lieben dich."
„Es tut uns wirklich leid, dass wir deinen Eltern geholfen haben, aus dem größten Streber einen arbeitslosen Deppen zu machen."
„Du sollst nie mehr wiederkehren dürfen, obwohl du überhaupt nichts Schlimmes und nichts Verbotenes gemacht hast."

Ich fahre in die KBS Pankow. Der Rommetisch ist besetzt. Also gehe ich an den Computer und spiele im Internet ein paar Partien Schach. Um sechs verlasse ich die KBS. Wieder in der WG gehe ich in mein Zimmer und schalte den Fernseher ein.

16. Mai 2017

Heute ist Dienstag und wir haben einen Großausflugstag. Wir treffen uns um viertel nach neun an der S und U Bahnstation Pankow und fahren zur Medienstadt Babelsberg. Dort besuchen wir den Filmpark Babelsberg. Besonders beeindruckend finde ich das 4D Actionkino. Ich esse im Filmpark eine Currywurst und ein Eis. Kurz nach vier verlassen wir Babelsberg wieder. Der Ausflug hat sich gelohnt. Kurz nach fünf bin ich wieder in der WG.

Ich lese den 10.9.2013:

'Ich kann in dieser abgesicherten Welt nicht mehr viel tun.

Ihr seid mein letzter verbliebener Kontakt zur Wirklichkeit.

Mit „Es tut uns leid." oder „Du bist mein Held." kann ich wenig anfangen.

Ihr kennt jetzt die Wahrheit!

Ihr habt gegenüber der Wahrheit eine Verantwortung und gegenüber dem Mist, den ihr gebaut habt. Versteckt euch nicht weiter im Dunkeln!

Wo es große Ungerechtigkeit gab, fanden sich immer auch Menschen mit Mut, die Widerstand leisteten!'

Ich schalte den Fernseher ein und schaue ZDF Info.

17. Mai 2017

Es ist halbzehn und wir frühstücken in der KBS. Wie jeden Mittwoch habe ich mir ein Brötchen vom Bäcker mitgebracht, da mir eineinhalb Brötchen zu wenig sind. Nach dem Frühstück lege ich mich kurz hin. Um halbzehn beginnt die Gesprächsgruppe. Mit dabei ist dieses Mal die Praktikantin Kathrin. Sie arbeitet normalerweise als Krankenschwester im St. Josef Krankenhaus. Sie macht das Praktikum an der KBS Pankow im Rahmen einer Weiterbildung.

Am Nachmittag ist Gartengruppe. Ich zupfe Unkraut in unserem Vorgarten.

Um drei Uhr bin ich in der WG. Ich mache eine Stunde Mittagsschlaf. Um vier setze ich mich an das Tagebuch von 2013 und ich schlage den 11.9.2013 auf:

„Du bist ein wunderbarer Mensch, Alex."

„Es tut uns leid, was wir gemacht haben."

„Es tut uns leid, was wir deiner großen Liebe erzählt haben."

„Es tut uns leid, dass du verarscht wirst."

„Du gehörst wirklich nicht in diese Welt."

„Du bist nicht krank gewesen. Du warst gesund."

„So was Mieses, was in deinem Fall mit einem harmlosen, ahnungslosen und wehrlosen Mann gemacht wurde, habe ich noch nicht gesehen."

,Ihr hättet mit mir reden sollen!'

„Tut uns leid, dass wir nie mit dir geredet haben."

„Was für Möglichkeiten du gehabt hättest."

„Bei deinem Durchhaltevermögen und deiner Urteilsfähigkeit."

„Es tut uns leid, dass wir dich zu einem arbeitslosen Deppen gemacht haben."
Um fünf fahre ich zur KBS Pankow und ich spiele noch ein wenig Schach im Internet.
Um sechs fahre ich wieder heim und gehe fernseh gucken.

18. Mai 2017

Es ist heiß. Ich ziehe ein Hemd mit kurzen Ärmeln an. Heute ist Ausflugsgruppe. Wir wollen an einen See gehen. Wir packen Decken ein und zwei Spiele. Wir fahren nach Arkenberge. Am See breiten wir die Decken aus und essen Erdbeeren. Auf dem Rückweg wollen wir ins 'Steckenpferd' in Blankenfelde gehen, um dort einen Kaffee zu trinken. Allerdings hat das Cafe geschlossen. Sehr schade.
Wieder in Pankow gehe ich zu Lidl und kaufe Duplo. In der WG lege ich mich hin und mache einen Mittagsschlaf. Gegen vier wache ich auf. Ich habe keine Arbeit und keine Familie. Diese Welt ist für mich zu einem Gefängnis geworden. Ich setze mich an den 13.9.2013:
„Du bist der intelligenteste und liebenswürdigste Mensch, den ich in meinem Leben je getroffen habe."
„Du bist der am unfairsten behandelte Mensch der Welt."
„Tut uns leid. Du bist das Opfer eines Eifersuchtsdramas geworden."
„Tut uns wirklich leid, dass wir dachten du seist ein Angeber und Schauspieler."
„Tut uns leid, dass wir dir deine Gefühle nicht abgenommen haben."

186

„Tut uns leid."
„Du wurdest dein Leben lang verarscht und jetzt sollst du dein Leben lang verarscht werden."
„Tut uns leid."
„Tut uns so leid."
Gegen fünf fahre ich in die Stadt. Ich esse zwei belegte Brötchen. Dann gehe ich ins Internetcafe. Dort spiele ich Stratego. Außerdem trinke ich ein Bier. Gegen sieben fahre ich wieder in die WG. Ich gehe in mein Zimmer und schalte Tele5 an.

29. Mai 2017

Wieder ist ein Wochenende bei meinen Eltern vorbei. Wir haben Spiele gemacht, haben fernseh geguckt, sind spazieren gegangen und waren im Bürgersee schwimmen.
Es ist neun Uhr und ich fahre zur BTS nach Buch. Nach dem Frühstück lege ich mich hin. Zum Mittagessen gibt es Kaltschale mit Eis.
Nach dem Mittagessen werden die Gruppen zusammengelegt und wir machen einen Spaziergang durch den Park. Es ist heiß. Im Schatten läßt es sich aushalten. Um halbdrei verlasse ich die Tagesstätte. Um drei bin ich in der KBS Pankow. Zuerst spiele ich Romme. Ab vier spiele ich Schach im Internet. Kurz nach sechs bin ich im Internetcafe, um an meinem Buch zu schreiben. Mein Mitbewohner hat seinen Computer aus dem Wohnzimmer entfernt, daher muss ich jetzt im Internetcafe weiterschreiben. Ich schlage den 16.9.2013 auf:
„Deine Eltern waren so gemein."
„So was Gemeines."

„So was Gemeines habe ich noch nie erlebt."

„Du hattest immer recht."

„Du bist ein Held."

„Du wirst für immer mein Held sein."

„Du wirst mein Leben lang mein Held sein."

„Tut uns leid."

„Es tut uns leid, dass wir dachten du seist ein Schauspieler."

„Was für ein wunderbarer Mensch du gewesen bist."

„Das tut uns schrecklich leid."

„Du warst völlig ahnungslos."

„Das ist so was von peinlich."

„Wir helfen dem größten Mistkerl der Nation, aus seinem Sohn, dem größten Streber der Nation, einen Behinderten zu machen."

„So was Peinliches."

„So was Peinliches hat es noch nie gegeben."

„Dass du hättest Professor werden können und jetzt behandelt wirst wie ein Staatsterrorist, tut mir so was von leid."

„Was wir deiner großen Liebe angetan haben, tut uns so leid."

„Unser ganzes Leben lang tut uns das leid."

„Du bist der am unfairsten behandelte Mensch der Welt."

„So was Unfaires. Das gibt es doch gar nicht."

„So was von unfair habe ich noch niemals erlebt."

„Das tut mir sooo leid."

„Wir behandeln einen völlig harmlosen und guten Menschen, der überhaupt nichts Schlimmes getan hat, wie einen Staatsterroristen."

„Das ist die mieseste Sache der Welt."

„Du hättest ganz normal eine Freundin haben kön-
nen."
„Du könntest schon lang verheiratet sein."
„So was Ungerechtes."
„Es tut uns schrecklich leid."
„Es tut uns so was von leid."
„Es tut uns wirklich leid."
‚Ich denke mir, dass es dort, wo es große Ungerech-
tigkeit gab, auch immer Widerstand gegeben hat.'
Kurz nach sieben bin ich wieder in meiner WG und
schalte den Fernseher ein.

30. Mai 2017
Um kurz vor zehn fahre ich in die KBS zur Kochgruppe. Das Computerzimmer ist besetzt und ich fahre
zum Internetcafe. Dort spiele ich einige Partien
Schach. Um kurz nach zwölf bin ich wieder in der KBS.
Es gibt Salat mit Gyros und Zaziki. Anschließend spüle
ich Pfannen und Schüsseln.
Gegen zwei bin ich wieder in der WG. Ich lege mich
hin, um Mittagsschlaf zu machen. Als ich aufstehe ist
es fast vier. Ich fahre ins Internetcafe, um weiter an
meinem Buch zu schreiben. Ich lese am 20.9.2013:
‚ „Tut uns leid" und „Amerika" ist viel zu wenig in
dieser historischen Situation!
Wollt ihr wirklich als solche, die sich im Dunkeln ver-
stecken, sterben?
Wollt ihr wirklich als Feiglinge sterben?
Artikel 1 des Grundgesetzes!
Dahinter stecken 200 Jahre deutsche Verfassungsge-
schichte und schlimme Erfahrungen mit unrechts-
staatlichen Methoden!

Das sollte für euren gesunden Menschenverstand und euer Gewissen ausreichen!
Was kann Amerika euch geben, um eure Seele (eure Psyche) gesund zu machen?
Warum lebt ihr eine kognitive Dissonanz?
Freiheit! Wahrheit! Schwarz – Rot – Gold!
Ihr Vixer!
„Tut mir leid" ist viel zu wenig!!!'
Kurz nach sechs bin ich wieder in der WG und schaue SOKO Köln.

   31. Mai 2017
Um neun fahre ich zur BTS in die Siegfriedstraße. Nach dem Frühstück ist Gesprächsgruppe. Frau Kissinger hat einen USB – Stick mit Tangovideos von Miriam dabei. Wir wollen uns die Videos auf einem Laptop anschauen. Das klappt allerdings nicht. Nach dem Mittagessen ist Gartengruppe. Wir pflanzen vier der acht Tomatenpflanzen, die wir bisher im Ruheraum hatten, in den Vorgarten.
Ich fahre zum Internetcafe, um an meinem Buch weiterzuschreiben. Ich schlage den 21.9.2013 auf:
,Ich weiß nicht, was sein wird nach dieser Welt, aber ihr habt nur noch diese Welt, um Verantwortung zu übernehmen für die Wahrheit!
Was kann Amerika euch geben, was können eure Vorgesetzten euch geben, wenn eure Seele weint und krankt.
Nichts!
Ihr habt die Wahrheit offengelegt!
Es gibt kein Dunkel der Welt, wo euch diese Wahrheit nicht erreichen könnte!

190

Ihr könnt der Wahrheit nicht mehr ausweichen, indem ihr mich zum Angeber und Schauspieler erklärt!'

„*Dass wir gemeinsam mit den Amerikanern einen der größten Streber der Nation zum Schwachsinnigen gemacht haben, ist doch wohl das Peinlichste, was es gibt.*"

‚Je peinlicher desto wichtiger ist für euch und den Staat, den ihr in diesem Moment mir gegenüber vertretet, die Katharsis!

Und ich prophezeie euch, der Ruf der Wahrheit und zur Verantwortung wird stärker werden und nicht schwächer in eurem Leben!

Am Ende eurer Tage werdet ihr Rechenschaft ablegen müssen!

Nicht vor Amerika!

Nicht vor einem Minister!

Sondern vor eurem Gewissen und vielleicht vor eurem Schöpfer, wenn ihr an einen solchen glaubt!

Und dann stellt sich die existentielle Frage, ob ihr Verantwortung übernommen habt für die Wahrheit!

Um fünf fahre ich in die KBS uns spiele noch ein paar Partien Schach im Internet.

Um sechs fahre ich zurück zu meiner WG.

1. Juni 2017

Heute ist Ausflugsgruppe. Wir treffen uns mit der Gruppe aus Buch am Schäfersee. Dort gehen wir zu einer Minigolfanlage. Wir spielen Minigolf. Gegen eins ist meine Gruppe fertig und ich bestelle mir ein Salamibaguette. Um zwei sind alle mit dem Minigolf fertig und wir bekommen noch einen Kaffee ausgegeben. Wir fahren mit der U8 nach Gesundbrunnen und von dort nach Pankow. Kurz nach drei bin ich in der WG. Ich lege mich kurz hin. Um halbfünf fahre ich ins Internetcafe.

Ich schlage den 22.9.2013 auf:

„Du bist der beste Mensch, der mir je begegnet ist."

„Was für Möglichkeiten du gehabt hättest!"

„Du hättest wirklich Prof werden können!"

„Du bist ein großer Held geworden."

„Ich schäme mich so, dass ich so einen Mist geglaubt habe."

„Es tut mir so leid."

„Es tut mir wirklich leid."

„Du bist der ehrlichste Mensch, den ich je erlebt habe."

„Du bist der ehrlichste Mann, der mir je begegnet ist."

„Du bist der ehrlichste Mensch, den ich je kennengelernt habe."

„Es tut mir so leid."

Um sieben bin ich wieder in meiner WG. Ich schalte den Fernseher ein.

2. Juni 2017

Wir haben Freitag und ich gehe zur Frühstücksgruppe. Nachdem Frühstück gehe ich ins Internetcafe. Ich spiele einige Schachpartien. Wieder in der WG mache ich einen kurzen Mittagsschlaf. Dann gehe ich ins Via – Büro, um mich mit Herrn Böhme zu treffen. Ich erzähle ihm, dass ich mir den Zuverdienst im Second Hand Laden von Via vergangenen Freitag angeschaut habe, dass mir der Zuverdienst dort allerdings nicht zugesagt habe. Herr Böhme möchte, dass ich eine

Schach AG in der Gruppenwohnung von Via für alle
Bewohner von Via anbiete. Er bittet mich, dass ich
mir für nächste Woche einen kleinen Werbetext
überlege, den die Mitarbeiter von Via den Bewoh-
nern zukommen lassen können. Nach dem Treffen
mit Herrn Böhme fahre ich ins Internetcafe. Ich finde
am 26.9.2013 den folgenden Aufschrieb:

‚Ich bin nun die Stimme, die euch zum Sein ruft!
Und weil der Grund meines Geistes auch der Grund
eures Geistes ist, werdet ihr erkennen können, wa-
rum meine Worte keiner bedingten Rationalität fol-
gen, sondern euch unbedingt angehen.
Deshalb wiegen Argumente wie „peinlich" oder
„Amerika" gering, wenn ich euch von nicht vorläufi-
gen Wahrheiten rede!
Ich bin nun die Stimme, die euch aus der Tiefe des
Seins ruft!
Meine Worte sind keine Worte einer vorläufigen Ra-
tionalität.
Wenn ich euer Held bin, dann folgt ihr mir nach!
Sonst bin ich nur euer schlechtes Gewissen!
Ich stehe für Wahrheit, für Gerechtigkeit, für Rechts-
staatlichkeit, für die deutsche Verfassung und für
einen Ruf aus der Tiefe des Seins!
Ich spreche Worte der Wahrheit.
Ich begnüge mich nicht mit vorläufigen Rationalitä-
ten.
Ich rufe euch: Have the courage to be!'

Anschließend fahre ich in die WG. Ich spiele noch ein
wenig Civilization.
Um sechs fahre ich zu dem Vereinsheim meines
Schachclubs, um am Pfingstopen teilzunehmen.

In der ersten Runde spiele ich gegen einen sehr viel besseren Spieler. Er spielt die Eröffnung stärker als ich und gewinnt die Partie.

5. Juni 2017

Heute ist Pfingstmontag und ich gehe um zehn Uhr in die Schönhauser Allee, um beim Bäcker zu frühstücken. Anschließend gehe ich ins Internetcafe und zocke ein paar Schachpartien. Gegen eins gehe ich zurück in die WG. Ich mache einen kurzen Mittagsschlaf. Um drei wache ich auf. Ich habe keine Arbeit und keine Beziehung und meine Freunde sind über die Welt verstreut. Der doofe Verrfassungsschutz und der bescheuerte amerikanische Geheimdienst haben mein ganzes Leben versaut. Das Leben ist für mich eine ‚Gefängniswelt' geworden.

Ich fahre zum Internetcafe und schreibe an meinem Buch. Ich schlage den 27.9.2013 auf:

„Tut mir so leid."

„Tut mir leid, dass wir nach Amerika gegangen sind."

‚Amerika hat hier nicht das letzte Wort. Amerika wird euch nicht helfen können am Ende eurer Tage. Da werdet ihr euch nämlich fragen, ob ihr dem Sinn eures Lebens gerecht werden konntet. Ich habe zu euch Worte einer existentiellen Wahrheit gesprochen und das ist eine Wahrheit, die euch unbedingt angeht. Diese nicht vorläufige Wahrheit hat für euer Leben und für euer >Sein< sehr viel mehr Bedeutung als alle begrenzten und begrenzenden Rationalitäten dieser Welt. „Tut mir leid" und „Amerika" werden ihre Bedeutung für euch verlieren!

Mein Ruf an euch ist ein Ruf aus der >Tiefe des Seins< und er wendet sich an jeden von euch als Mensch. Und wenn ihr – als Menschen – über die gleiche Vernunft verfügt, wie ich, dann werdet ihr erkennen, was zu tun ist. Also begrenzt euch nicht selbst.

Dann, wenn ich wirklich euer Held geworden bin, dann werde ich für euch mehr sein, als nur euer schlechtes Gewissen! Dann folgt ihr mir nach und werdet Frauen und Männer der Wahrheit und des Mutes. Dann werdet ihr die Freiheit haben und die Ruhe finden zu der euch bereits nicht hur meine Stimme, sondern bereits eure existentielle Sehnsucht ruft!'

„Was für außergewöhnliche Fähigkeiten du hast."
„Du bist der intelligenteste und sensibelste Mensch, der mir je begegnet ist."
„So was Unfaires."
„Aus dem größten Streber haben wir einen Deppen gemacht."
„Du bist für mich der größte Held der Geschichte."
„Du bist für mich mein Held – für immer."
„Wir lieben dich alle hier."
„Tut uns leid."
„Tut uns unendlich leid."
„Tut uns schrecklich leid."
Um sieben fahre ich zurück zu meiner WG.

6. Juni 2017

Um zehn bin ich in der KBS Pankow zur Kochgruppe. Heute gibt es Forelle. Ich hole mir einen Kaffee mit viel Kondensmilch und dann setze ich mich in das

Computerzimmer und spiele Schach im Internet. Nach dem Essen helfe ich beim Abspülen.

Wieder in der WG mache ich einen Mittagsschlaf. Kurz nach drei stehe ich auf und fahre zum Gesundbrunnen Center. Dort gibt es einen Handyladen. Ich brauche ein neues Handy, denn das alte funktioniert nicht mehr. Es gibt hier Handys ab 20 Euro. Ich kaufe mir eins von Samsung. Anschließend gehe ich zum Bäcker und bestelle ein Stück Kuchen und einen Kaffee. Ich fahre zurück zur WG und schließe das Handy an eine Stromdose an. Dann gehe ich ins Internetcafe, um das Buch weiterzuschreiben. Ich lese den Eintrag zum 29.9.2013:

„Du bist mein Held."

„Du bist mein absoluter Held."

„Ich liebe diesen Mann."

‚Echte Erkenntnis zieht echte Handlungen nach sich! Wenn ich wirklich euer Held bin, dann wird „Amerika" und „peinlich" seine Bedeutung für euch verlieren. Dafür wird ein existentieller >Ruf zum Sein< für euch an Bedeutung gewinnen.

Ich rufe euch auf: >Have the courage to be!<

Um sieben bin ich zurück in der WG und ich schalte Tele5 ein, um eine Folge 'Raumschiff Enterprise. Das nächste Jahrhundert.' zu schauen.

7. Juni 2017

Um neun Uhr bin ich auf dem Weg zur BTS Pankow. Ich kaufe mir beim Bäcker – wie jeden Mittwoch - ein Brötchen und einen Donut. Nach dem Frühstück lege ich mich kurz hin. Um halbzehn beginnt die Gesprächsgruppe. Nach dem Mittagessen unterhalte ich mich mit Frank Baum. Ich erzähle ihm, dass ich keinen neuen Zuverdienst gefunden habe, der mir zugesagt hätte.

Am Nachmittag ist Gartengruppe und wir kratzen das Unkraut zwischen den Pflastersteinen im Hof heraus. Zurück in der WG mache ich einen Mittagsschlaf und dann fahre ich ins Internetcafe, um an meinem Buch weiterzuschreiben. Ich schlage den 30.9.2013 auf:

„Es tut uns leid, dass wir dich zu einem arbeitslosen Deppen gemacht haben."

„Du bist für immer mein Held."

„Du bist mein absoluter Held."

„Du bist wirklich mein Held geworden."

‚Gut dann folgt mir und meinen Helden! Laßt alle eure vorläufigen Rationalitäten und Denkmuster und Gewohnheiten zurück und folgt mir und meinen Helden.

Es ist überhaupt nicht egal, ob ihr weiter Teil einer verbrecherischen Sache seid!

Ihr sollt das keinen Tag zu viel sein!

Geht zu euren Psychodocs oder tut, was notwendig ist und macht diese Arbeit hier keinen Tag länger als notwendig. Denn ihr >seid<, was ihr denkt und handelt.

Wenn ich euer Held bin, dann werdet ihr jegliche Doppelmoral verachten.

Dann wandert ihr lieber ins Gefängnis oder in die Überwachung durch Geheimdienste, als einen Tag zu lang, einer unrechten Sache zu dienen!

8. Juni 2017

Heute ist Ausflugsgruppe. Wir fahren in das Museum ‚Hamburger Bahnhof'. Es handelt sich um ein Museum für zeitgenössische Kunst. Nach dem Museumsbesuch gehen wir in eine Bäckerei, wo wir noch einen Kaffee ausgegeben bekommen. Zurück in der WG mache ich einen Mittagsschlaf.

Anschließend fahre ich ins Internetcafe. Ich schlage den 1.10.2013 auf:

„Ich liebe diesen Mann."

„So was Gutes, wie dich, habe ich noch nie gesehen."

„Dein Vater war ein mieser Sadist."

„Für uns bist du ein großer Held."

„Für uns bist du der größte Held, der je gelebt hat."

Um sechs fahre ich zurück in meine WG und schalte den Fernseher ein.

9. Juni 2017

Um kurz vor zehn gehe ich zur Frühstücksgruppe. Für Frühstück mit zwei Rosenbrötchen muss ich zwei Euro und zehn Cent bezahlen. Ich gehe ins Internet und zocke ein paar Schachpartien. Um zwölf fahre ich zurück in die WG. Um kurz nach eins treffe ich mich mit Herrn Böhme. Wir säubern die Küche und das Bad. Anschließend gehe ich in das ‚Michelberger' in die Warschauer Straße und lese in ‚Nachtzug nach Lissabon'. Auf der Fahrt zurück in die WG gehe ich noch in ein Internetcafe. Am 4.10.2013 steht in meinem Kalender:

„Du hast die Rede deines Lebens gehalten vor Elitesoldaten der Bundeswehr und der Nato"

Welche Gedankengänge ich am 4.10.2013 genau aus-
geführt habe weiß ich nicht mehr. Aber auf Facebook
finde ich am 2.10.2013 den folgenden Eintrag:

*‚Es ist eine historische Zeit, denn ich fühle, dass be-
grenzte Rationalitäten ihre Macht verlieren und,
dass es Menschen gibt die meine Vision von einem
anderen Deutschland teilen. Und diese Menschen
werden den Traum des deutschen Bürgertums, dass
gegen total ungerechte Staatswillkür mit den Farben
Schwarz-Rot-Gold auf die Barrikaden ging, weiter-
träumen. Und mit ihnen wird das Symbol Schwarz-
Rot-Gold leben (selbst wenn sie dafür in Gefangenschaft gehen müssten) und wenn sich darüber auch
noch so mächtige Geheimdienste und Politiker är-
gern. Denn in dieser Welt wirken Mächte, die Menschen existenziell betreffen - auch wenn das Menschen ärgert, die dachten ihre Macht sei das Maß
aller Dinge. Denn weltliche Mächte sind bedingt und
existenzielle Wahrheiten betreffen Menschen unbedingt. Und Machthabende werden staunen und das
ist gut so!‘*

Gegen sieben bin ich wieder in der WG und schalte
den Fernseher an.

10. Juni 2017

Um zehn Uhr gehe ich in die Schönhauser Allee zum
Frühstücken. Anschließend gehe ich ins Internetcafe.
Ich spiele einige Partien Schach. Gegen eins bin ich in
der WG. Ich mache einen Mittagsschlaf. Um zwanzig
vor drei fahre ich zur KBS Pankow. Dort ist heute ein
Preisskat. Als Einsatz zahle ich zwei Euro und fünfzig
Cent. Außerdem zahle ich einen Euro für eine Ge-

tränke- und Kuchenflatrate. Ich habe heute keine guten Skatblätter. Kurz nach sechs gehe ich ins Internetcafe. Ich schreibe weiter an meinem Buch. Kurz nach der Rede, die ich am 4.10.2013 gehalten habe, hieß es:

„Du hast hier Außergewöhnliches erreicht!"

„Wir können hier nichts mehr für dich tun."

„Wir werden jetzt selbst Tag und Nacht von den Amerikanern bewacht."

„Die Amerikaner haben aus der Anlage eine Festung gemacht."

Außerdem hieß es:

„Du hast aus uns Helden gemacht."

„Du bist unser Superheld."

Am Abend bin ich wieder in der WG und schaue fernseh.

11. Juni 2017

Um halbzehn fahre ich zum Gottesdienst im Berliner Dom. Der Bischof erzählt in seiner Predigt, dass Gott mehr ist, als alles, was es gibt. Ein guter Gedanke. Nach dem Gottesdienst esse ich eine Pizza an der Eberswalder Straße. Danach gehe ich in die WG. Bis halbdrei mache ich einen Mittagsschlaf. Dann fahre ich hinaus nach Wandlitz zum See. Es ist ziemlich voll. Das Wasser ist nicht wirklich kalt.

Um mich herum liegen viele Familien. Ich denke mir, dass ich normalerweise auch Familie hätte. Stattdessen bin ich ein Geheimdienstopfer und ich bin ziemlich allein. Ich denke mir, dass ich für einige wenige Deutsche 2013 zum Helden geworden bin. Ich denke mir, dass ich gerne die Deutschen kennen lernen würde, mit denen ich 2013 ein Jahr meines Lebens verbracht habe.

Auf der Rückfahrt gehe ich ins Internetcafe. Ich finde den nächsten Eintrag am 20.10.2013

„Umgekehrt ist alles."

„Tut mir leid, dass wir einen völlig harmlosen und friedlichen Menschen zu verrückten Amerikanern gebracht haben."

„Tut mir leid, dass wir den intelligentesten Menschen, den wir je kennengelernt haben, nach Amerika brachten."

„Du bist supergenial."

„Supersupergenial."

„Du bist zum größten Superhelden meines Lebens geworden."

„Amerika ist zur peinlichsten Nation der Welt geworden."

„Du bist die genialste Person, die ich je getroffen habe."

„Kongenial."

„Du bist die heldenhafteste Person, die mir jemals begegnet ist."

„Du hast nur sinnvolle Gedanken im Kopf."

„Kongeniale Einfälle und Ideen."

‚Da es sich danach anhört, als ob viele Deutsche, die sich in Gefangenschaft befinden, Schlimmes auszuhalten haben, verfasse ich heute einen Andachtstext über Gottes Wort und echte Freiheit.

Anhand des mir vorliegenden Jakobusbriefes stelle ich die Bedeutung von Gerechtigkeit und Weisheit heraus. Während Zorn und Hass zu de-

struktiven Werken führen, kommen Gerechtigkeit
und Weisheit von Gott und sind reich an Barmher-
zigkeit und an guten Früchten.
Ich schreibe noch eine Erläuterung über das, was
bleibt und über echte Freiheit, die von der schöpferi-
schen Macht des Daseins jedem Menschen zuge-
sprochen ist (und zu der hin Christenmenschen geru-
fen sind).'

12. Juni 2017

Wir haben Montag und ich fahre zur BTS nach Buch.
Nach dem Frühstück gibt es nichts zu tun und ich lege
mich hin. Kurz vor zwölf lese ich im ‚Nachtzug nach
Lissabon'.
Nach dem Mittagessen ist Literaturgruppe und wir
lesen immer noch in dem Buch ‚Von Tigern und Menschen'. Das Buch ist nicht spannender geworden.
Aber gut. Besser als nichts.
Um drei bin ich in der KBS in Pankow. Der Rommetisch ist voll. Ich gehe für eine Stunde ins Internetcafe
und spiele ein paar Schachpartien. Um halbfünf bin
ich wieder in der KBS. Heute wird ein Film gezeigt:
‚Best Exotic Marygold Hotel'. In Erinnerung bleibt mir
der Ausspruch des indischen Hotelmanagers, der
meinte, dass alles ein gutes Ende habe und wenn es
nicht gut ist, dann ist es nicht das Ende. Ich denke
mir, dass ich ein gutes Ende in meinem Leben aller
Wahrscheinlichkeit nach nicht erleben werde.
 Um zwanzig vor sieben verlasse ich die KBS und gehe
ins Internetcafe. Ich schlage den 25.10.2013 auf:
„Du hast immer nur sinnvolle und gute Gedanken-
gänge."

„Du hattest dein ganzes Leben lang gute Einfälle."

„Du bist das größte Opferlamm in der Geschichte der Menschheit. Du wurdest dein ganzes Leben lang belogen, betrogen und benutzt."

„Dass du weiter belogen werden sollst und nicht zurückkehren sollst, ist die ungerechteste Sache der Welt."

„Tut uns leid, dass wir nach Amerika gegangen sind."

„Du bist der genialste Psychologe der Welt."

„Der großartigste protestantische Theologe, den es gibt."

„Du bist der großartigste Historiker der Welt."

„Du bist der kongenialste Superheld der menschlichen Rasse geworden."

„Du bist zum größten Hoffnungsträger der Menschheit geworden."

„Zum supergenialen Hoffnungsträger für die ganze Welt."

„Wegen dir ist Deutschland zur tapfersten Nation der Erde geworden."

„Du bist zum mutigsten Mann der Welt geworden."

„Du hast Geschichte geschrieben."

„Du hast Menschen zu Helden gemacht."

„Du bist die genialste geistige Führungspersönlichkeit, die wir je hatten."

„Der mutigste Mensch der Welt, der sich vor Nichts und Niemanden in der Welt fürchtet."

„Was der Geheimdienst der Amerikaner hier abzieht, hätte ich nie für möglich gehalten."

„Wie hier mit unbewaffneten Elitesoldaten der Nato und der Bundeswehr umgegangen wird, so was habe ich noch nie erlebt."

„Tut uns leid, dass wir den superintelligentesten Mann der Welt zum Idioten gemacht haben."

„Du hast aus uns Helden gemacht."

„Helden, die sich vor Nichts und Niemanden fürchten."

13. Juni 2017

Um zehn Uhr bin ich in der KBS Pankow. Heute gibt es Pizza. Ich schneide Zwiebel in Ringe.

Dann gibt es nichts mehr für mich zu tun und ich setze mich ans Internet, um ein paar Schachpartien zu spielen. Um halbeins ist die Pizza fertig. Nach dem Essen spüle ich die Pizzableche. Dann gehe ich zurück in die WG und mache einen Mittagsschlaf. Um halbvier fahre ich zum ‚Michelberger' in die Warschauer Straße. Ich lese in ‚Nachtzug nach Lissabon'. Gegen sechs laufe ich zur Oberbaumbrücke. Ich schaue auf die Spree und denke mir, dass mir in meinem Leben verdammt viel kaputt gegangen ist. Um halbsieben fahre ich zurück nach Pankow. Dort gehe ich ins Internetcafe. Ich lese am 26.10.2013:

**‚*Nachdem ich am Abend eine schöne Frau, mit der ich Tango tanzen gegangen bin, verführt habe, wache ich am Morgen neben ihr auf und ich denke: Freiheit!'*

„Du hast nur würdevolle Gedanken."

„Supergenial."

„So ein cooler Superheld."

„Suuupermann!"

„So was von intuitiv."

„Was für Möglichkeiten du hast."

14. Juni 2017

Um neun Uhr wache ich auf. Ich spiele noch ein wenig Civilization. Um elf Uhr bin ich in der BTS Pankow zum Frühstück. Um eins wollen wir zusammen zum Sommerfest des St. Joseph Krankenhauses in Weißensee fahren. Bis dahin lege ich mich noch ein wenig auf die Couch. Beim Sommerfest gibt es Kaffee und Kuchen umsonst. Gegen drei bin ich in der Strandbar Weißensee und schaue auf den See. Hoffentlich gehen wir morgen an einen See. Wieder zurück in der WG lege ich mich hin. Kurz nach fünf fahre ich ins Internetcafe. Ich setze mich an mein Buch. Ich lese am 1.11.2013:

„Du hast nur würdige Gedanken."

„Nur kongeniale Gedanken."

„Du hast eine supergeniale Menschenkenntnis."

„Tut und leid, dass du zum Helden der Elitesoldaten der Bundeswehr geworden bist."

„Du hast nur gute Gedanken und kongeniale Einfälle im Kopf."

„Tut uns leid, was hier unbewaffneten Elitesoldaten der Bundeswehr angetan wird."

„Tut uns leid, was die Amerikaner der Welt zumuten."

„Du bist der einflußreichste Mann der Weltgeschichte geworden."

„Weltmächte und Wissenschaftler liegen dir zu Füßen."

„Supersupergenial."

Laut: „Du bist der größte Held in der Geschichte der Bundesrepublik Deutschland geworden!"

„Du bist zum brilliantesten Denker der Menschheit geworden."

„Zum supergenialen Supermann."

„So was von kongenial."

„Dass du nicht wiederkehren darfst, ist die peinlichste Sache der Welt."

„Du bist unser Supersuperheld!"

„Wir lieben dich."

„Du bist so was von Held geworden."

„Der absolute Shooting Star."

Laut: „So was von Held."

„Du bist der begnadetste Denker in der Geschichte der Menschheit geworden."

„Du bist so was von brilliant in deinem Denken geworden, dass du hier wahre Wunder bewirkt hast."

„Du bist für mich der supergenialste Analytiker der Welt."

„Der kongenialste Denker der Menschheit."

„So was von brilliant."

„Der genialste Denker der Menschheitsgeschichte bist du geworden."

„Wir lieben dich."

„Du bist für uns die kongeniale Führungspersönlichkeit der deutschen Elitesoldaten in amerikanischer Gefangenschaft geworden."

„Du bist die kongeniale Führungspersönlichkeit der freien Welt."

„So was von kongenial."

„So was von herzensgut."

„So was von humorvoll."

„So was von cool."

Ich denke mir, dass ich lieber eine Familie und einen Beruf gehabt hätte, als ein Held zu werden.

15. Juni 2017

Heute ist Ausflugstag und wir beschließen an einen See zu gehen. Wir entscheiden, dass wir an den Weißensee gehen. Wir laufen durch den Park zur S und U Bahnstation Pankow. Von hier aus fahren wir mit der 255 zum Weißensee. Dort setzen wir uns an den See. Ich habe meine Badehose dabei. Allerdings gehe ich heute nicht in den See. Nach kurzer Zeit gehen wir zu dem Cafe am See und wir bekommen einen Kaffee ausgegeben. Ich denke mir, dass ein ganzes Leben kaputt ist, weil der Verfassungsschutz Mist gebaut hat. Ein gutes Leben ist kaputt.
Ich schlage den 2.11.2013 nach:
„Wir können dich nur um Verzeihung bitten für das, was wir dir Böses angetan haben."
„Es tut uns so leid, dass wir uns anmaßten, Schicksal zu spielen."
„Du wirst für immer mein größter Held sein."
„Kongenial."
„So ein heldenhafter Held."
"Tut uns leid, dass du Opfer eines Eifersuchtsdramas geworden bist."
„Tut uns leid, dass du Opfer eines Justizskandals geworden bist."
„Du hast dein ganzes Leben lang geniale Einfälle und Ideen gehabt."
„Du wirst für mich immer mein größter Held sein."
„Du bist für uns unser Supersuperheld geworden."
„Tut uns so leid, dass wir nach Amerika gegangen sind."

„Es kommt mir so vor, als ob die Amerikaner einen Ring der Macht gefunden haben."

„Und nun zeigen sie der Welt ihre böse Fratze."

„Du bist ein Held geworden."

„Du siehst alles. Du hörst alles. Du ahnst alles."

„Du sollst dein Leben lang wie ein Verrückter behandelt werden."

„Dein Leben lang sollst du für dumm verkauft werden."

„Du sollst dein Leben lang belogen und verarscht werden."

„Tut uns leid."

„Tut uns schrecklich leid."

„Wie die Amerikaner mit dem klügsten und sensibelsten Mann der Welt umgehen ist so etwas von peinlich."

„Superpeinlich."

„Du bist der netteste und freundlichste Mensch, den ich je kennengelernt habe."

„Wie hier mit dem sensibelsten Menschen der Welt umgegangen wird, tut mir so etwas von leid."

Am 12.11. 2013 hieß es dann:

„Die Amerikaner sagen: Jetzt ist Schluß mit deinem Privatkrieg gegen eine Supermacht."

„Du sollst deine Verfassung verbrennen!"

„Du sollst deine Bücher und deine Schriften verbrennen!"

„Du sollst deine Bilder wegschmeißen!"

„Du sollst deine Musik CD`S wegschmeißen!

Und immer wenn ich etwas nicht oder nicht schnell genug gemacht habe, dann gab es Stromschläge.
Diese hörten jeweils auf, wenn ich einer Forderung nachkam.

Weil ich ihm Hof meine Verfassung verbrannt habe, kam ich in die Psychiatrie.
Dort sagten mir die Stimmen, dass ich ab sofort nur noch harmlose Gedanken denken dürfe.
Ich dachte: *,Einigkeit und Recht und Freiheit.'*
Daraufhin: *„Du sollst in den Heldentod gehen."*
Ab jetzt hieß es immer wieder, dass ich einen Heldentod sterben solle.
Da ich mein letztes Stündchen geschlagen sah, dachte ich nach, was ich jetzt mit meiner verbliebenen Zeit machen soll. Ich dachte mir, dass ich – bevor ich in den Heldentod gehe – noch mal Sex haben möchte.
So kam es, dass ich das erste Mal in meinem Leben ein Bordell besucht habe.
Gleich nach meinem Bordellbesuch meldeten sich die Stimmen: *„Die Amerikaner hassen dich."*
Ich bin mir sicher, dass ich es den Amerikanern zu verdanken habe, dass 2014 meine Sexualität kaputt ging.

In der Psychiatrie waren unter etwa 15 Insassen 7-8 Bewacher, die immer vor meiner Türe und nur vor meiner Türe Wache saßen. Diese kannten sich mit meinen Gedankengängen zum passiven Widerstand aus, sie kannten meine Biographie und meine aktuellen Gedanken. Von diesen Bewachern war immer einer um mich. Und diese Bewacher waren kein medizinisches Personal!

Bei einem Spaziergang sagte einer der Bewacher: *„Hier ist jetzt Amerika!"*
Und als ich, ob krasser Gewaltankündigungen der Bewacher einmal sehr verzweifelt war, sagte eine Bewacherin: *„Es läßt sich nicht sagen, wer an deiner Situation schuld ist. Vielleicht bist du es . Vielleicht sind es die Amerikaner."* Ich habe zu diesem Zeitpunkt Niemandem von dem Konflikt mit den Amerikanern erzählt!! Woher wusste sie also von den Amerikanern?!?
Es kamen immer wieder krasse Gewaltandrohungen aus der Gruppe der Bewacher und zwar mir und nur mir gegenüber. Einmal überlegte ich mir an einem Nachmittag, ob der Freitod eine Option sei. Da kam einer der Bewacher in mein Zimmer und meinte, dass er das nicht tun würde. Das würde nur Schmerzen bringen. Als ich ihn darauf fragte, warum man erst jetzt mit mir reden würde, zuckte er die Achseln und meinte: *"Deine Einstellung."*

Eine andere Bewacherin regte sich furchtbar darüber auf , dass ich aus der Sache eine Radiosendung gemacht hätte.
Sie sagte: *„Was fällt dir ein, eine Radiosendung daraus zu machen?"*
Ich habe kurz bevor ich in die Psychiatrie kam das Leid der gefangenen Deutschen und mein eigenes Schicksal mit etwas Kreativität und Humor angehen wollen und habe - natürlich nur in Gedanken - die

Situationen wie ein Radiomoderator moderiert. Wie gesagt mit etwas Humor. Darüber war diese Bewacherin ziemlich sauer. Ich habe zu diesem Zeitpunkt noch Niemandem etwas von dieser Radiosendung für meine deutschen Zuhörer erzählt!
Dass sie darüber Bescheid wußte, war niemals ein Zufall !!

Das Jahr 2013, in dem ich die Deutschen, mit denen ich zu tun hatte, zum passiven Widerstand gegen ein krasses Unrecht aufrief und dieses Buch, das einen krassen Geheimdienstskandal und ein bestehendes Unrecht offenlegt, ist für mich der Sinn meines Lebens geworden.

Ich bin mir sicher, dass ich zusammen mit den Deutschen, mit denen ich 2013 zu tun hatte und die sich zunehmend mit mir solidarisiert haben, Großartiges geleistet habe.
Wir haben Geschichte geschrieben haben und irgendwann wird die ganze Wahrheit ans Licht kommen.
Gute Gedanken sind nicht nutzlos. Sie können Grenzen sprengen und sie können die Welt bewegen.